Ren Dhark
Sonderband

Erron 2 – Welt im Nichts

SF-Roman von
Manfred Weinland

Mit einer Kurzgeschichte von
Achim Mehnert

HJB

Ein Verzeichnis sämtlicher bisher erschienenen und lieferbaren REN DHARK-Titel und -Produkte finden Sie auf den Seiten 191 und 192.

1. Auflage

HJB Verlag & Shop e.K.
Postfach 22 01 22
56544 Neuwied
Bestellungen und Abonnements:
0 26 31 – 35 48 32
0 26 31 – 35 61 00
Fax: 0 26 31 – 35 61 02
www.ren-dhark.de

Herausgeber: Hajo F. Breuer
Titelbild: Ralph Voltz
Druck und Bindung:
Westermann Druck Zwickau GmbH

ISBN 3-930515-99-7

der Gartenstraße 140 – dort, wo Karola als Graffitisprayerin eingeführt wird – die Frankfurter Beratungsdirektion des Allianz-Konzerns befindet. Bitter, weil ausgerechnet die Allianz die privat organisierten Wirtschaftsbetriebe der SS auf dem Gelände der Konzentrationslager versichert hat und der ehemalige Allianz-Direktor Kurt Schmitt unter Hitler sogar bis zum Reichswirtschaftsminister aufsteigen konnte. In der Gegenwart thront das wuchtige Verwaltungsgebäude wie eine moderne Burg am Fluss, fast wie ein zweites Frankfurter Polizeipräsidium (in dem Zusammenhang bekommt das Wort »Policen« für Versicherungsscheine eine völlig andere Bedeutung). Was erstaunt und enttäuscht, ist die Tatsache, dass keine Gedenktafel an das Institut für Rassenhygiene erinnert, kein Hinweisschild über den Todesarzt von Auschwitz informiert, kein Denkmal zum Nachdenken anregt.

Unser offizieller Dank geht an die Mitarbeiter des Emons Verlags, die so professionell, freundlich und kompetent waren und sind, wie man es sich nur wünschen kann. Besonderen Dank richten wir auch an den Lektor unseres Manuskriptes, Carlos Westerkamp, der mit Sperberblick und scharfem Verstand so manchen Fehler zu vermeiden half.

Die inoffiziellen Danksagungen gehen, wie sollte es anders sein, an unsere Familien. Jutta und Fabiola mussten die Rückzüge ins Dichterzimmer ertragen, Ira die Launen des Schreibers unter verschärften Baulärm-Bedingungen. Ohne euch und eure Großzügigkeit wäre dieses Buch so kaum möglich geworden.

Am Grunde des Dank ausschüttenden Füllhorns liegt, zuletzt und doch zuerst, unser Dankeschön an alle Leser dieses Romans. Wir hoffen, er hat Ihnen gefallen.

Herzlich
Ihre Krüger & Krüger

Vorwort

Der zweite REN DHARK-Zyklus kommt jetzt richtig in Fahrt. Feinde und Naturkatastrophen bedrohen die Existenz der Menschheit und der mit ihnen verbündeten Völker. Nach wie vor deuten unzählige alte und neue Spuren auf ein Volk hin, das mit dem Schicksal der Erde, der Milchstraße und aller darin lebenden Existenzen untrennbar verbunden scheint, obwohl es längst von der Bildfläche verschwunden ist: die Mysterious!

Doch zumindest ein Angehöriger dieser Rasse ist in der Milchstraße noch aktiv. In diesem Buch werden Sie ihm begegnen und ein ganz klein wenig mehr über die *Geheimnisvollen* erfahren. Wenn Sie den vorliegenden Band – wie ich doch schwer hoffen will! – zusammen mit dem dritten Buch des DRAKHON-Zyklus erworben haben, das soeben unter dem Titel *Der letzte seines Volkes* erschienen ist, kann ich Ihnen nur raten, diesen Sonderband *vor* jenem Buch zu lesen. Denn er schildert, wie es zu den Ereignissen kam, die am Anfang des regulären Bandes geschildert werden.

Nicht nur die enge Verzahnung des Sonderbandes mit der Serie ist neu. Im vorliegenden Buch präsentieren wir zum ersten Mal zusätzlich zum eigentlichen Roman noch eine Kurzgeschichte aus dem REN DHARK-Kosmos. Geschrieben wurde sie von Achim Mehnert, den ich an dieser Stelle als Neueinsteiger im RD-Autorenteam herzlich begrüßen möchte.

Die Kurzgeschichten, die wir zuerst stets auf der Internetseite von REN DHARK veröffentlichen – kostenlos, versteht sich! – bieten mir ein hervorragendes Medium, um neue Autoren zu testen und sie an die Serie heranzuführen. Und ein Endlosprojekt wie

REN DHARK braucht natürlich immer wieder einmal neue Autoren, die das Team ergänzen.

Was solch ein Projekt ebenfalls braucht, sind sogenannte »Merchandisingprodukte« – kleine, nette Nebensächlichkeiten rings um die Hauptsache, die Serie. In dieser Hinsicht hatten wir schon immer einiges zu bieten und können auch diesmal wieder mit Neuigkeiten aufwarten: Dazu gehören der »Original GSO-Ausweis« von Jos Aachten van Haag, den es auch in einer auf Sie personalisierten Form zu erwerben gibt, außerdem ein hochwertiger, vergoldeter Schlüsselanhänger mit POINT OF-Motiv.

Nun aber genug des Vorworts! Gehen wir über zur Hauptsache und machen uns bekannt mit *Vonnock, dem Fanjuur!*

Giesenkirchen, im Juli 2000
Hajo F. Breuer

Prolog

Vonnock, der Gesandte

Der blaßrote Himmel hing voller Schiffe. Es waren Fähren, in denen zeugungsfreudige Fanjuur aus allen Bereichen des Imperiums nach Saatros, dem Mond des Lebens, transportiert wurden.

Das Erste Wasser, die Welt also, auf der alles begonnen hatte, existierte nur noch in der Mythologie der Fanjuur. Ihre Koordinaten waren verlorengegangen – wann genau und unter welchen Umständen, wußte niemand mehr. Der Verlust der Alten Heimat mußte aber mehr als tausend *Drell* in der Vergangenheit liegen. Seither hatte das Reich expandiert; viele neue Welten waren angegliedert worden.

Vonnock hatte die meiste Zeit seines Lebens auf Maguun, der Zentralwelt, zugebracht. Aber gezeugt... gezeugt und erzogen worden war er wie jeder zivilisierte Fanjuur hier auf Saatros. Die »Wilden« – Fanjuur also, die abseits von Saatros von einem männlichen und einer weiblichen Fanjuur gezeugt wurden –, fristeten bis ans Ende ihrer Tage ein Schattendasein in den Gettos. Jede größere Kolonie besaß eine solche Zone, in die sich die »Wilden« zurückzogen, um vor den Nachstellungen ehrbarer Fanjuur sicher zu sein.

Vonnock stand am Rand der erhöhten Plattform, die den fast die Wolken berührenden Turm krönte, in dem sich sämtliche logistischen Einrichtungen des Raumhafens befanden. Ein Expreßlift hatte ihn nach der Landung seines Schiffes, das die Farbe des Herrscherhauses besaß, hier heraufgebracht.

Vonnock drehte sich nicht um, als er Schritte hörte. Er wußte, wer sich ihm näherte.

»Ehre der Ersten Mutter!« erklang eine Stimme, die dem *Ok* gehörte, mit dem er sich hier oben verabredet hatte. Sein Name war Notam.

Vonnock bedeutete dem Wissenschaftler mit einer Geste der linken, fast den Boden berührenden Hand, daß er den traditionellen Gruß erwiderte.

Notams Kiemenöffnungen schimmerten dunkel, als er vor Vonnock stehenblieb und seine Erregung kaum im Zaum halten konnte. »Ich dachte schon, meine Nachricht wäre ungehört geblieben. Du hast dir viel Zeit gelassen. Die Dringlichkeit hätte entschlosseneres Handeln ver…«

»Du übst Kritik am Herrscher?« fiel Vonnock dem aufgebrachten Ok ins Wort.

Der etwas kleinere, in Weiß gekleidete Fanjuur zuckte zusammen. Er wich Vonnocks Blick aus und schien vom aggressiven Rot gebannt zu sein, das Vonnocks Uniform prägte. Der Sonderbeauftragte des Herrschers war sich seiner Wirkung bewußt. Genugtuung legte sich um seinen lippenlosen Mund. Silbrig schimmerten die Schuppen seiner Haut. Seine Augen blieben ausdruckslos.

»Nein, nein, ich…«

Abermals ließ Vonnock den Ok nicht aussprechen. »Du warst unbestimmt in deiner Nachricht. Eine Gefahr sei im Anzug. Eine unermeßliche Gefahr… Wie kannst du erwarten, daß der Herrscher auf eine solch vage Andeutung hin noch schneller reagiert? Ich erhielt den Auftrag, mich um dein Problem zu kümmern, wie auch immer es geartet sein mag. Und hier bin ich. Was ist los? Sabotage? Gibt es Hinweise auf bevorstehende terroristische Anschläge? Die Wilden…?«

Notam schien allen Mut zusammenzunehmen und rief mit gepreßter Stimme: »Nichts von alledem!«

Vonnock glaubte, zu versteinern. Selbst die Lamellen seiner seitlichen Kiemen hörten auf, sich sachte, wie in einem nicht fühlbaren Wind, zu bewegen. »Nichts von alledem?« echote er. »Was dann?«

»Ich werde es dir zeigen«, sagte Notam. »Und dann erwarte ich, daß man die Gefahr ernst nimmt. Bitter ernst. Sonst ist es möglich, daß an die Fanjuur in absehbarer Zukunft nur noch die Bauten erinnern, die wir auf unseren Welten zurücklassen.«

»Zurücklassen? Was redest du da?«

»Ich zeige es dir«, sagte der weißgekleidete Ok. »Komm…«

Saatros war die Laichwelt der Fanjuur.

Der einzige Mond des vierten Umläufers besaß ideale Umweltbedingungen. Seine Schwerkraft, seine Atmosphäre und sein topographischer Aufbau waren einmalig innerhalb der Grenzen des Imperiums. Unter all den von Fanjuur besiedelten Welten nahm Saatros dementsprechend die zentrale Stellung ein – noch vor dem Regierungsplaneten, der ungefähr im Kern einer gedachten Raumkugel von zweihundert Lichtjahren Durchmesser lag. Caltrun, der Sitz des Herrschers, war der zweitbestbehütete Ort innerhalb des Fanjuur-Hoheitsgebiets. Der am meisten geschützte war Saatros.

Die Regierungsgeschäfte hätten notfalls von einem System ins andere verlegt werden können – aber wo in dieser an Sternen so reichen Galaxis hätten sie eine zweite Welt finden sollen, die auch nur annähernd so ideale Fortpflanzungsbedingungen bot wie diese?

Saatros war das Heiligste, was Vonnocks Volk besaß.

Natürlich war man permanent auf der Suche nach einer Ausweichwelt für den Notfall (niemand hatte diesen Notfall je in einer Art und Weise definiert, daß er für einen Fanjuur auch nur vorstellbar gewesen wäre). Aber all die Erkundungsschiffe, die je über die Grenzen des Imperiums hinaus entsandt worden waren, hatten ihre Expeditionen ohne meßbaren Erfolg wieder einstellen müssen. Dort draußen, so hatte es den Anschein, gab es zwar zahllose Planeten, die eine Besiedelung ermöglicht hätten. Ihre Umweltbedingungen waren annehmbar. Aber vom Ideal, das sich in den Köpfen der Fanjuur festgesetzt hatte, waren sie weit entfernt.

Saatros war das Maß aller Dinge.

Die Welt, die der planetengroße Mond umkreiste, war ein sogenannter *Grenzgänger*. Nur wenig mehr an Masse, und im Kern von Druuna wäre das gleiche nukleare Feuer gezündet worden, wie es im Zentralgestirn brannte. Dann hätte dieses System *zwei* Sonnen besessen, und Druuna hätte seinen Trabanten mit tödlicher Hitze überschüttet. Kein Fanjuur wäre hier je seiner Laichschnur entschlüpft oder hätte erste, zaghafte Schritte an Land gemacht...

Vonnock leckte nervös mit der kurzen Zunge über die Innenseite seiner Kauleiste. Die Schöpfung bestand aus zahllosen vermeintlichen Zufällen, die in Wahrheit der Wille der Ersten Mutter waren. Sie hatte den ersten Fanjuur ganz besondere Anlagen mitgegeben. Und in jedem Fanjuur, der seither aus dem Urwasser gekrochen war, hatten diese Gaben ihren Niederschlag gefunden.

Es gab ein gemeinsames Gedächtnis. Ein elementares Wissen, das von Laich zu Laich weitervererbt wurde.

»Hier ist es.«

Die Stimme von Notam, dem Ok, riß Vonnock aus seinen Gedanken. Der Lift des Turms hatte sie tief unter die Oberfläche gebracht. Vonnock hatte nicht gewußt, daß sich der Turm überhaupt unterirdisch fortsetzte. Es war sein erster Besuch auf der Laichwelt, seit er sie damals im Alter von vier *Drell* verlassen hatte, um mit seinen Zieheltern zusammenzuleben. Auf Marguun hatte er seine Ausbildung genossen. Saatros selbst besaß keine Schulen. Auf Saatros zählte nur das Gedeihen.

Das Kabinenschott glitt zur Seite. Notam trat als erster hinaus.

Vonnock, der einen Korridor erwartet hatte, folgte. Zu seiner Verblüffung mußte er aber feststellen, daß sie in einem riesigen Raum herausgekommen waren. Offenbar ein Labor, bevölkert von einer hohen Zahl weiterer Oks.

Sie passierten ein Sterilisierungsfeld, das Keime, Bakterien und Viren abtötete und ein unangenehmes Prickeln in Vonnocks Körper hervorrief. Doch während Vonnock dem hiesigen Sprecher der Oks tiefer in den Raum folgte, klangen die Symptome bereits wieder ab.

Notam führte ihn in einem schallgeschützten Bereich, in dem mehrere Oks mit einem noch in seiner Laichschnur gefangenen Fanjuur-Embryo beschäftigt waren.

Vonnock zeigte nicht, wie sehr ihn der Anblick des Ungeschlüpften berührte. »Was macht ihr mit ihm? Was ist Besonderes an einem, der es nicht geschafft hat?«

Eine Laichschnur beherbergte ungefähr hundert Embryonen. Aber nur jeder Zehnte reifte zu einem vollwertigen Fanjuur. Die anderen starben ab. Wie dieser hier.

Es war noch genauso wie zum Anbeginn ihrer Zivilisation. Es war den Oks nicht erlaubt, genetische Veränderungen herbeizuführen, die eine höhere Überlebensquote ermöglicht hätten.

»Er ist nicht tot. Wir haben ihn lediglich in ein künstliches Koma versetzt.«

»Warum?« fragte Vonnock überrascht. Kranke Fanjuur-Embryonen ließ man sterben. So war es immer gewesen.

»Das Stasisfeld bewahrt seinen Körper vor weiterer Zersetzung. – Auch das, was sich *in* ihm befindet.«

»In ihm?«

»Der Grund meines Hilferufs.«

»Konkreter, bitte!«

In Notams Augen trat ein vager Glanz von Furcht, als er Vonnock bedeutete, sich vor ein Scannerfeld zu begeben, das über dem Embryo schwebte. Mehrere Oks wichen zurück, machten dem Sonderbeauftragten Platz.

Schulter an Schulter mit Notam starrte Vonnock auf den transparent gemachten kleinen Körper, an dem sich bereits alle Merkmale eines ausgewachsenen Fanjuur ausmachen ließen. Aber die Äußerlichkeiten zählten in diesem Fall nicht.

Vonnock sah das vergleichsweise riesige Herz des Ungeschlüpften, das fast den gesamten Brustraum ausfüllte. Es schlug nicht, weil die Stasis es lähmte. Darunter lag der Magen und der *Strotos*, ein spezielles, nur bei den Fanjuur vorkommendes Organ; eine Art Depot, in dem die durch Verdauung gewonnenen Nährstoffe für schlechtere Zeiten gebunkert werden konnten, ohne daß ein Fanjuur dadurch aktuell in seiner Versorgung beeinträchtigt wurde.

Und in diesem Depotorgan steckte es.

Es sah aus wie ein… Wurm.

Ein winziger, sich windender Wurm, aus dessen Maul tentakelartige Auswüchse hervorquollen, die sich in das Gewebe des Strotos gebohrt hatten.

»*Was ist das?* Ein Parasit?« rann es aus Vonnocks Mund.

»Zunächst dachten wir das«, erwiderte Notam und nahm ein paar Einstellungen am Scanner vor.

Eine Lichtmarkierung umschloß den Strotos auf dem Schirm, dann zoomte das Organ heran, bis es die gesamte Wiedergabebreite ausfüllte.

»Was fällt dir daran auf?« fragte Notam. »Wie gesagt, der Embryo liegt unter einem Stasisfeld.«

Vonnock überlegte nicht lange. »Es… nun, es *bewegt* sich. Es wird nicht vom Reduktionsfeld beeinträchtigt, was eigentlich nicht sein dürfte, nicht sein *kann*…«

»Richtig.«

Vonnock starrte auf das vielfach vergrößert vor ihm schwebende Abbild eines winzigen Wurms, der sich im Leib des Fanjuur-Embryos eingenistet hatte.

»Ich möchte *sein* Innenleben betrachten«, verlangte er.

»Das geht leider nicht.«

»Warum nicht?«

»Wir haben alles versucht. Aber die Scannerstrahlen werden abgelenkt. Es gibt kein Durchkommen.«

»Dann operiert es heraus und nehmt es auseinander.«

»Das haben wir bereits in einem anderen Fall versucht.«

»Mit welchem Erfolg?«

»Mit *diesem* Erfolg.« Notam ließ neben dem Scannerfeld eine Holographie entstehen, in der ein Labor gezeigt wurde, das aussah wie das, in dem sie sich aufhielten. Nur war ein Teil davon zerstört: geschmolzenes Inventar, rußgeschwärzte Wände.

»Es ist *explodiert*?« fragte Vonnock ungläubig.

»Beim Versuch, es zu öffnen.«

»Aber dann…«

»… ist es kein lebender Organismus, richtig«, bestätigte Notam. »Zumindest kein Organismus, wie wir ihn kennen. Wir gehen davon aus, daß es sich um eine Maschine handelt. Eine *winzige* Maschine.«

»… die den Strotos eines Fanjuur *frißt?*«

Notams Haltung drückte aus, wie unglücklich er selbst mit dieser Erklärung war.

»Wie viele Fälle gibt es, die diesen Befall zeigen?«

»Entdeckt wurden bislang nur zwei«, antwortete der Ok. »Aber wie hoch die Dunkelziffer liegt, wird erst abschätzbar sein, wenn die großangelegte Untersuchung beendet ist, die ich angeordnet habe. In sämtlichen Laichseen werden Stichproben entnommen.«

»Wann liegt das Ergebnis vor?«

»Morgen«, sagte Notam. »Ich wollte keine Zeit verlieren. Deshalb schlug ich Alarm.«

»Du hast richtig gehandelt. Wie geht es jetzt *hier* weiter?«

»Wir testen alle erdenklichen Energiefelder durch, um die Bewegung des Dings zum Erliegen zu bringen. Sobald wir damit Erfolg haben, versuchen wir eine erneute Öffnung unter geschützten Bedingungen.«

»Warum tötet ihr nicht den Embryo und wartet ab, wie sich die Maschine danach verhält?«

»Der Embryo ist heilig.«

»Der Embryo ist jetzt schon todgeweiht. Das sagtest du selbst.«

In Notams Blick trat ein empörter Ausdruck. »Wir Oks sind nicht nur Wissenschaftler, wir sehen uns auch als Bewahrer der Traditionen. Niemals würden wir ein Ungeschlüpftes vorsätzlich töten!«

Es war nicht das erste Mal, daß Vonnock mit Widersprüchlichkeiten im Ethos seines Volkes konfrontiert wurde. Der Laich war heilig – aber die ausgewachsenen Fanjuur setzte man bei der

Ausweitung des Imperiums bedenkenlos tödlichen Gefahren aus.

Er wußte, daß er solche Gedanken zügeln mußte und niemals aussprechen durfte. Seine Stellung als Sonderbeauftragter wäre unhaltbar geworden.

»Es gibt eine Instanz, die in Sonderfällen darauf dringen kann, daß dieses Gesetz außer Kraft gesetzt wird.«

»Der Herrscher«, bestätigte Notam.

»Ich werde umgehend mit ihm Kontakt aufnehmen.«

Überraschenderweise wirkte Notam darüber beinahe erleichtert. »Wir werden uns seinem Urteil beugen.« Und leise, kaum hörbar, fügte er hinzu: »Hoffentlich ist nicht ohnehin schon alles zu spät...«

*

Die Sondererlaubnis des Herrschers erfolgte nach eingehender Schilderung des Falls noch am selben Planetentag.

Vonnock hatte keine Zeit für Schlaf gefunden, fühlte sich aber auch nicht sonderlich müde. Auf dem Herflug nach Saatros hatte sich Gelegenheit für eine Tiefschlafphase ergeben. Er fühlte sich ausgeruht und war überzeugt, die Situation unter Kontrolle zu haben.

Der direkte Umgang mit den Oks war das einzige, was ihm ein gewisses Unbehagen bereitete. Die Kreise, in denen er sich normalerweise bewegte, waren andere. Der Herrscher und sein Gefolge unterschieden sich nicht wesentlich von »normalen« Fanjuur; die Oks hingegen umgaben sich gern selbst mit einer Aura des Geheimnisvollen und Unnahbaren.

Vonnock war nicht gewillt, dies zu akzeptieren. Paalok war die höchste Instanz, nicht die Oks. Und er war ein Fanjuur, der sich nur dem Herrscher selbst unterstellt fühlte.

Er wußte, daß er mit dieser Einstellung Notam nicht als Freund gewinnen konnte. Aber das war ihm gleichgültig.

»Ist alles vorbereitet?« fragte er, als er im Labor eintraf.

Notam und die anderen versammelten Oks bejahten dies. »Wir haben nur auf dich gewartet.«

»Dann fangt an.«

Und die Oks begannen vor seinen Augen den Embryo eines Fanjuur zu zerlegen, sorgfältig, wie er es nicht anders erwartet hatte, und vorsichtig, um den Invasor, der sich in ihn eingeschlichen hatte, nicht zur Selbstzerstörung zu animieren.

*

Die Stille hing wie ein groteskes Gewicht über dem entweihenden Akt.

Der Embryo war von Ok-Hand gestorben. Der Wissenschaftler, der dies getan hatte – es war Notam selbst gewesen – mußte sich befleckt fühlen.

Vonnock nahm darauf keine Rücksicht.

Die Gefahr, die Notam nur skizziert hatte, entrückte, sobald er genauer darüber nachdenken wollte, fast seiner Vorstellungskraft. Eine Krankheit, ein bislang unbekannter Erreger, der sich durch Unvorsichtigkeit von außerhalb auf die Laichwelt eingeschlichen haben könnte – das wäre eine beherrschbare Bedrohung gewesen. Aber eine Maschine, mikroskopisch klein, die Embryonen umbrachte, das war eine ganz andere Dimension. Weil sie kein natürliches Ereignis, sondern *Vorsatz* darstellte.

Und einen Feind.

Wer sollte das sein? dachte Vonnock, während die Reste des Embryos beseitigt wurden und er durch das spezielle Sichtfeld nur noch das winzige Ding sehen konnte, das Notam isoliert hatte.

Neben dem reinen Beobachtungsschirm waren auch Schutzschilde zwischen dem Objekt und den Fanjuur errichtet worden.

Es gab keinen Grund, sich persönlicher Gefahr auszusetzen.

Die Zerstörungskraft der ersten Explosion war im nachhinein ermittelt worden. Die Schilde würden bei einem neuerlichen Vorfall halten und größere Schäden im Labor verhindern.

»Wenn es nicht reagiert«, sagte Notam gerade, »sind wir so klug wie vorher. Dann hat uns der *Mord* keinen Schritt weitergebracht.«

Vonnock überhörte den scharfen Vorwurf. Selbst wenn der Tod des Embryos Mord gewesen wäre – der Herrscher hatte ihn legitimiert. Damit lag auch die Verantwortung beim Herrscher.

»Wir werden sehen«, sagte er lediglich.

Und gebannt wie die Oks wartete auch er darauf, daß sich etwas rühren würde.

Sie wurden nicht enttäuscht, und sie brauchten nicht einmal lange zu warten.

Das Ding, das an einen winzigen Wurm erinnerte, öffnete sich. In der Vergrößerung war zu sehen, wie sich erst feinste Haarrisse in der Oberfläche bildeten, dann Spalten. Schließlich schien die Schale zu zerfallen.

»War es so auch, bevor die Explosion stattfand?« wandte sich Vonnock an Notam.

»Nein.«

Zeit, um in die Details zu gehen, blieb nicht. Die Umhüllung löste sich vollständig auf, zerfiel zu einer grauen, staubartigen Substanz und offenbarte den Blick auf das Innenleben des Dings, das nun endgültig preisgab, daß es eine Maschine sein mußte.

Zumindest eine Art von Maschine...

»Noch höher vergrößern!« schnappte Vonnock.

Die Oks kamen seinem Befehl bereitwillig nach – weil auch sie wissen wollten, womit sie es zu tun hatten.

Die Technik war vollkommen unbekannt. Noch nie zuvor hatten Fanjuur sich mit so etwas konfrontiert gesehen.

Für Vonnock war diese Erkenntnis fast erleichternd. Die ganze Zeit hatte er sich ausgemalt, was wohl geschähe, sollte sich herausstellen, daß die Anschläge auf Saatros Gruppierungen *innerhalb* der Fanjuur zuzuschreiben waren.

Dies konnte auch ohne tiefere Analyse ausgeschlossen werden.

Durch bloßen Augenschein.

Zwischen den seltsamen Strukturen bewegte sich etwas. Quoll etwas hervor.

»Schilde erhöhen. Mögliche Erreger beim Versuch der Ausbreitung sofort abtöten!«

Das war Notam, ganz Wissenschaftler, der im Umgang mit Risiken geübt war.

Ihm war kein Vorwurf zu machen.

Die Substanz, die aus der Maschine quoll, spaltete sich in mehrere Kügelchen auf, die über die Oberfläche des Seziertisches perlten.

»Scan?« fragte Vonnock, ohne daß es ihm bewußt wurde. »Ergebnisse?«

»Fanjuur«, ächzte Notam.

»Fanjuur?«

»Das Gewebe entspricht in seiner genetischen Zusammensetzung der *unseren*«, betonte Notam.

»Die Maschine hat dem Embryo eine Probe entnommen?«

Vonnock erhielt seine Antwort in anderer Weise, als er es sich vorgestellt hatte.

Die entblößte Maschine begann urplötzlich von innen heraus in fahlem Licht zu leuchten. Das Licht erreichte die Gewebekügelchen und regte sie offenbar zu rapidem Wachstum an.

Binnen kürzester Zeit entwickelten sich daraus mit bloßem Auge erkennbare Embryonen.

»Was geschieht hier?« stieß Vonnock hervor.

»Offenbar ist die Maschine in der Lage, den Wirt, in dem sie steckte, zu *reproduzieren*«, sagte Notom. »Das sind ungeborene Fanjuur. Wie sollen wir mit den Klonen verfahren?«

Vernichten! lag es Vonnock auf den Lippen, starr vor Grauen. Aber er hütete sich, dem ersten Impuls zu folgen und es auszusprechen.

»Weiter beobachten!« entschied er.

»Und die Maschine?«

Die Frage wurde vom weiteren Geschehen selbst beantwortet:

Nachdem die winzige Apparatur die Fanjuur entlassen hatte, glomm sie immer stärker auf und zerfiel schließlich vollständig zu einer amorphen Masse.

Indes konzentrierte sich Vonnock auf die wie im Zeitraffer heranreifenden Embryonen.

Es waren Ebenbilder des geopferten Nachwuchses.

Was um alles in der Welt hatte das zu bedeuten?

»Vergrößerung ausschalten«, hörte er Notams Stimme.

Die Klone schienen ins Nichts zurückzufallen. Die Oberfläche des Labortisches raste auf die Beobachter zu. Dann geriet die Szene zunächst in scheinbaren Stillstand. Die optischen Felder waren erloschen. Die durchsichtigen Schilde gaben den Blick für die normalvisuelle Wahrnehmung des Untersuchungstisches frei.

Dort wuchs es.

An fünf verschiedenen Punkten reiften neue Fanjuur heran. Binnen kürzester Frist hatten sie eine Größe erreicht, wie es nur nach Verlassen der Laichschnur, nach dem Schlüpfen, möglich war. Die primären und sekundären Geschlechtsmerkmale bildeten sich heraus. Obwohl auf dem Trockenen befindlich und zu keiner Zeit im eigentlichen Element des Heranreifens – dem Wasser – beeinträchtigte dies in keinster Weise die Entwicklung der Föten.

Kurz darauf waren die jungen Fanjuur so groß wie Vonnocks Hand, und ein Ende des Prozesses nicht abzusehen.

Vonnock wandte sich an Notam: »Sobald sie fertig sind«, sprach er über die Brut wie über leb- und geistlose Gegenstände, »werden sie in einen Käfig an Bord meines Shuttles gebracht. Du und ein paar Oks deiner Wahl werden mich und die Fracht nach Caltrun begleiten. Der Herrscher soll sich selbst einen Eindruck von ihnen verschaffen. Die Aufzeichnung der bisherigen Geschehnisse hier wird ihn überzeugen, daß etwas Unvorstellbares im Gange ist.«

Notam schwieg. Sein Blick war immer noch gebannt auf die fast explosionsartig reifenden Fanjuur gerichtet. Schließlich sagte er: »Es könnte ein Risiko darstellen, sie nach Caltrun zu schaffen.«

»Was für ein Risiko meinst du?«

»Wir sollten sie erst einmal unter Beobachtung halten. Dem Herrscher dürfte es genügen, die Aufzeichnung anzusehen. Auch damit kann er sich ein Bild des Rätselhaften machen, mit dem wir hier konfrontiert werden.«

Vonnock überlegte. »Einverstanden«, sagte er schließlich.

In der Folge reiften die Klone zu erwachsenen Fanjuur heran, die ihre Artgenossen auf der anderen Seite der Schilde – so kam es Vonnock jedenfalls vor – mit Argwohn belauerten.

Das immer noch in ihm rumorende Grauen erhielt neue Nahrung bei der Vorstellung, diese rasend schnell entstandenen *Attrappen* wahrhaftiger Fanjuur könnten über die Fähigkeit des Denkens verfügen.

Mehr denn je erschienen sie ihm wie Monster.

Die Frage, die zählte, aber blieb: Wer hatte jene *Maschine* erschaffen, von der *sie* erschaffen worden waren?

*

Vonnock hatte eine Unterkunft bezogen, die ihm von der Gilde der Oks zugewiesen worden war und die sich in deren unmittelbarem Einflußbereich auf Saatros, dem Mond des Lebens, befand, ein wenig abseits des zentralen Raumhafens gelegen.

Für kurze Zeit fand Vonnock dort Gelegenheit, ungestört seinen Gedanken nachzuhängen.

Er war besorgt.

Mehr als das: Er fühlte sich innerlich beinahe paralysiert von dem Erlebten.

Vom Balkon seiner Unterkunft aus konnte er den Raumhafen nicht überschauen, er lag auf der anderen Seite, verdeckt durch das viele Stockwerke in den Himmel ragende, kreisrunde Gebäude, das aus reinem Mondgestein erbaut worden war. Ein stählernes Skelett war nicht nötig gewesen, wie Notam ihm auf dem Weg hierher unaufgefordert versichert hatte. Das golden schimmernde Gestein, das überall auf dem Trabanten in immensen Mengen vorkam, hatte phantastische Eigenschaften. Es war ungemein stabil und dennoch *weich.* Mit einfachen Mitteln formbar, hätte es jedem Erdbeben widerstanden.

Nach Einbruch der Dunkelheit vermochte Vonnock von seinem erhabenen Platz aus dennoch die Laichseen zu erkennen. Sie lagen genau in seinem Blickfeld und wurden auch nachts dezent beleuchtet. Vitalisierende Lichtschauer sollten die Brut zu schnellerem Wachstum anregen...

Vonnock schauderte.

... aber eine Geschwindigkeit, wie Vonnock sie an diesem Tag im Labor der Oks hatte beobachten können, wäre mit den Mitteln der Fanjuur nie realisierbar gewesen.

So stellte sich ihm erneut die Frage, wer die Maschine erbaut hatte.

Warum sie erbaut worden war.

Und wie der schreckliche Feind aussehen mochte, dem es eingefallen war, die geheiligten Stätten der Fanjuur zu schänden.

Die Aufzeichnung der Geschehnisse hatte Vonnock mit zurückhaltenden Kommentaren an das Herrscherhaus – und dort ohne Umwege an Paalok – übermittelt.

Stündlich erwartete er nun neue Weisungen...

Der Planet, den Saatros umkreiste, hing noch wie ein gewaltiges Mondgebirge am dunklen Firmament, als Vonnock in seinem Sitz auf dem Balkon zusammenschrak, wo er eingenickt war.

Der Türsummer schrillte laut in seine Träume.

Als er öffnete, war ihm von Schlaftrunkenheit nichts mehr anzumerken.

Notam stand auf dem vage erhellten Flur.

»Ich muß dich sprechen.« Seine Schuppen hatten jeglichen Glanz verloren. Die senkrecht neben seinen Augen verlaufenden Kiemenlamellen, normalerweise dunkelgrün, wirkten fahl wie bei einem Toten.

»Ist etwas passiert?«

»Die Klone.«

»Was ist mit ihnen?«

»Wir hatten sie unter Verschluß, wie du es wolltest. Aber...«

»Aber?«

»Es war ein Fehler, sie zusammenzulassen.«

Vonnock winkte Notam in den Raum. Der Ok folgte zögerlich. Als die Tür geschlossen war, bemerkte Vonnock sein Zittern.

Einen Ok, der so aus der Fassung geraten war, hatte er noch nie gesehen.

»Warum war es ein Fehler?«

»Weil...« Notam stockte, nahm neuen Anlauf: »Weil sie sich gegenseitig umgebracht haben! Es ging so schnell, daß niemand mehr eingreifen konnte. Ich fürchte, der Herrscher wird nur noch Leichen zu Gesicht bekommen, falls er sie zu sehen *wünscht*.«

Nun rang Vonnock selbst um seine Fassung.

»Gegenseitig umgebracht?« echote er verstört. »Wie?«

»Mit bloßen Händen. Sie haben sich zerfleischt. Alle wichtigen Organe wurden zerstört. Als wir dem Massaker Einhalt geboten, konnten wir nichts mehr für sie tun. Für keinen. Die Verletzungen waren irreparabel.«

Vonnock machte eine Geste, die erwachendes Verstehen signalisierte. »Wir hätten es wissen sollen. Sie waren geistlose Hüllen, weniger als Tiere... wir hätten es einkalkulieren müssen, daß sie sich, auf engstem Raum eingepfercht, auch schlimmer als Tiere verhalten könnten...«

Der Ausdruck, der bei Vonnocks Worten in Notams Augen trat, war beinahe besorgniserregender als seine vorausgegangene Eröffnung.

»Warum siehst du mich so an?«

»Weil«, sagte Notam, »es nicht wahr ist. Ich wünschte, sie wären geistlos gewesen. Aber dem ist nicht so. Sie haben einen unumstößlichen Gegenbeweis geliefert.«

»Gegenbeweis? Beweis *wofür*?«

»Komm mit. Sieh es dir selbst an...«

*

Ein anderer Raum. Innerhalb des Laborkomplexes, aber als Hochsicherheitstrakt ausgelegt.

Vonnock stand wie elektrisiert vor den fünf Selbstmördern.

Sie lagen ineinander verschlungen; man hatte noch nichts verändert.

Schlimmer noch als die offenen Eingeweide, die zerfetzten Organe und die durchstochenen Augen war das Muster am Boden des Gefängnisses.

Sie mußten es gemalt haben, bevor sie ihrer Todessucht freien Lauf gelassen hatten, sonst wäre ihnen kaum die erforderliche Zeit dafür geblieben.

Eigentlich war es kein Muster, sondern eine Schrift, mit Blut gemalt.

Vonnock stand da und starrte auf die Zeichen, die den Krieg erklärten.

Die Glyphen entstammten dem fanjuurischen Alphabet.

Sie bedeuteten:

Es ist soweit. Wir werden euch ausrotten. Wir dulden niemand neben uns. Wir sind die Qoorn. Die Qoorn gibt es seit Anbeginn der Zeiten. Die Fanjuur schon bald nicht mehr...

*

Noch bevor der Herrscher ihn kontakten konnte, nahm Vonnock erneute Verbindung mit ihm auf.

Er berichtete von der Eskalation der Lage.

Paalok war erschüttert.

»Wie ist das möglich?« wandte er sich an Notam, den Sprecher der Oks auf Saatros, der neben Vonnock stand und dem Gespräch auf dessen Bitte hin beiwohnte. »Diese Klone... Wie können sie *beseelt* gewesen sein – oder zumindest intelligent genug, um uns eine solche Drohung zu hinterlassen? Wer hat sie Schreiben gelehrt?«

»Wir haben eine der Leichen untersucht«, sagte Notam mit einer Stimme, die respektvoll, aber nicht unterwürfig klang. »Ihr Zustand entsprach einem vollentwickelten Fanjuur. Der Gen-Scan läuft noch, aber wesentlich mehr wird auch er nicht ergeben. Auf eine von uns nicht nachvollziehbare Weise wurde eine Botschaft in den zeitrafferschnell reifenden Hirnen der Klone verankert. Womöglich geben alle in Umlauf befindlichen Maschinen diese Botschaft weiter, sobald sie in der Weise entdeckt und entlarvt werden, wie es hier geschehen ist... die Technologie, mit der wir es zu tun haben, die Technologie, die den Embryo fünffach klonte, ist der unseren weit voraus und...« Erstmals stockte Notam.

»Und?« drängte der Herrscher.

»... entsprechend *überlegen.* Wir stehen erst am Beginn des Vorstoßes in den Nanobereich.«

Paalok schwieg.

Lange.

Auch Vonnock wagte nicht, die Stille zu brechen.

Schließlich erklärte der Herrscher: »Wenn dem so ist, daß uns der Krieg von einem Feind erklärt wurde, von dem wir bislang nur den Namen und einen Hauch seiner Möglichkeiten kennen, dann müssen wir uns unverzüglich zur Gegenwehr organisieren!«

»Wie?« fragte Vonnock.

»Die Beantwortung dieser Frage liegt zuallererst bei den Oks«, wich Paalok aus. »Sind Reste dieser... Maschine verfügbar, um sie zu studieren?«

»Ich fürchte nein«, sagte Notam.

»Aber schon dem ersten Bericht entnahm ich, daß die Oks auf Saatros nicht davon ausgehen, daß die bislang entdeckten beiden Fälle von Verseuchung die einzigen sind. Die Dunkelziffer liegt sehr viel höher...?«

»Wir dürfen uns vor den Realitäten und Wahrscheinlichkeiten nicht verschließen«, bestätigte ihm Notam.

»Dann werden die Oks sofort alle erdenklichen Anstrengungen

unternehmen, um weitere Maschinen der Qoorn zu lokalisieren und aus den Embryonen herauszulösen! Die Oks haben jede Befugnis, entstehendes Leben für diesen Fall zu opfern. Es geht, wenn ich die Dimension der Gefahr richtig überblicke, um das Überleben unserer *Art*. Dafür ist jede Maßnahme zulässig. – Noch Fragen?«

»Ja«, sagte Vonnock. »Werde ich hier noch gebraucht?«

»Du bleibst mein Bindeglied zwischen Oks und Herrscherhaus. Ich stelle dich als Assistenten an Notams Seite. Halte mich über jede Entwicklung auf dem laufenden. Notam selbst braucht seine volle Konzentration zur Bewältigung der vor uns liegenden Aufgaben. Von den Oks erwarte ich in absehbarer Zeit die Mittel, um dem Feind die Stirn zu bieten. Um alles andere kümmere ich mich. Die Flotte wird parallel zu den Ok-Bemühungen ausgebaut. Das ganze Reich wird zur Verteidigung und zum Angriff gerüstet... betet zur Ersten Mutter, daß nicht bereits alles zu spät ist! Betet, daß unsere Götter uns nicht verlassen haben...!«

Vonnock senkte den Blick.

Die Qoorn.

Wer *waren* die Qoorn?

Wo hatten sie sich all die Zeit verborgen gehalten? Wo waren die Grenzen ihres Reiches?

Die Antwort, wußte Vonnock, konnte nur irgendwo in den Weiten der Großen Insel liegen.

»Ehre der Ersten Mutter!« rief Notam.

Und noch während die Verbindung zu Paalok stand, spürte Vonnock, daß eine neue Ära angebrochen war. Von dem Moment an, da sie die Maschine dazu gebracht hatten, Fanjuur zu produzieren, die eine Kriegserklärung mit ihrem eigenen Blut hatten schreiben müssen.

Ja, Krieg.

Von jetzt an herrschte Krieg.

Und zwar gegen einen – zumindest *vorerst* – unsichtbaren Feind...

1.

Notsprung

Die Anomalie war nicht zu erkennen gewesen.

Bis die Schattenstation der Grakos sich selbst enttarnte!

»Schilde hoch!«

Gellend kam der Schrei. Kurtwood Harker stand kerzengerade vor seinem Kommandopult. Es hielt ihn nicht mehr im Sitz.

Routine war ihr Ausflug zum Triffidnebel nie gewesen. Verstärkte Patrouillenflüge hatte das Flottenkommando angeordnet. Die Grakogefahr wuchs sich zu einer neuen Pest für die Milchstraßenvölker aus – nach unzähligen Jahren waren die Unheimlichen wieder aus ihren Löchern gekommen.

Seit wenigen Tagen wußte man, wie sie aussahen: Wie riesengroße Insekten, Gottesanbeterinnen, und damit waren sie Beinahe-Ebenbilder einer anderen Spezies, gegen die Terra auch schon Krieg geführt hatte: die G'Loorn!

Grakos waren kleiner. Und besaßen keine »pflanzliche« Komponente in ihrem insektoiden Körper. Aber sonst…

Nichts von alledem interessierte die Besatzung der SARATOGA, eines 400-Meter-Kugelraumers der Terranischen Flotte. Zweihundert Mann Besatzung, mit Impulsantrieb und einem optimierten Hyperraumsprungtriebwerk ausgestattet, dessen Grundkonzept noch von den Giants stammte.

G'Loorn – Giants!

Zwei Heimsuchungen, die die Menschheit überstanden hatte.

Die Grakos existierten noch.

Und wie!

Hatte sich je ein Mensch gefragt, ob es Zufall war, daß jede Nemesis im Raumfahrtzeitalter mit dem Buchstaben »G« anfing?

Der Besatzung der SARATOGA war auch dies gleichgültig. Für sie ging es ums nackte Überleben.

»Notspruch raus!« bellte Commander Harker. »Wir brauchen Hilfe!«

Der für den Fall einer Begegnung vorbereitete Funkspruch verließ die Antenne. Schneller als das Licht.

Schneller als das Licht war auch der Strahl, der aus dem bizarren Schattenraumer auf die SARATOGA zublitzte und die Schilde in eine wabernde Flammenhölle verwandelte.

Harker war nicht der einzige, der sich in den Mittelpunkt einer Sonne versetzt fühlte.

Die Brücke des Kugelraumers war mit fünfzehn Personen besetzt.

Standard während eines solchen Einsatzes.

Dessen Scheitern schon damit begonnen hatte, daß die Menschen nicht die Grakos, sondern die Grakos *sie* aufgespürt hatten.

Die SARATOGA schüttelte sich, als wäre sie in den Ereignishorizont eines Schwarzen Lochs eingetaucht. Metall ächzte, Metall *barst*.

»Hüllenbruch auf Ebene drei!«

Harker saß längst wieder in seinem Spezialsessel. Die Gurte hatten ihn fixiert. Allein auf die künstliche Bordschwerkraft war kein Verlaß mehr.

»Alle nötigen Gegenmaßnahmen einleiten«, rief er seinem Ersten zu, aus dessen Mund die Meldung gekommen war.

»Schon geschehen. Vakuumeinbruch gestoppt. Sicherheitsschotte unten.«

»Feuer erwidern! Sämtliche Geschütze auf das Ziel bündeln!«

Die SARATOGA bäumte sich erneut auf, diesmal unter den Kräften, die aus ihr selbst hervorschossen.

»Unser Schildstatus?« fragte Harker, während er über den Panoramabildschirm verfolgte, wie die Strahlbahnen wirkungslos am

Schutzschirm der Grakos abperlten.

»Bei sechzig Prozent!«

Gütiger Himmel, und das nach nur einem Treffer! Der Schattenraumer hatte nicht einmal ernst gemacht!

»Wurde uns nicht gesagt, die Schildgeneratoren seien optimiert worden? Boulder?«

Sein Erster machte ein Gesicht, als hätte er gerade in eine Zitrusfrucht gebissen. Hilflos zuckte er mit den Schultern.

»Geschwindigkeit?«

»Zwanzig Prozent.«

»Sofort hochbeschleunigen! Wir verschwinden!«

»Yessir!«

Die Minimalgeschwindigkeit für ein gefahrloses Eintauchen in den Hyperraum lag bei gut ein Drittel Licht. Davon waren sie mit zwanzig Prozent der Lichtgeschwindigkeit noch weit entfernt.

»Das schaffen wir nicht«, murmelte Boulder.

»Wir schaffen es!« blaffte Harker.

Er wollte noch mehr sagen, aber in diesem Moment fuhren zwei schattenhafte Pfeile auf die SARATOGA zu und verwandelten die Schiffszentrale in ein Chaos aus kleineren Bränden, Rauchschwaden, Kurzschlüssen und elektrischen Entladungen.

»Ortung ausgefallen!«

»Verdammt...« Harker ballte die Fäuste. »Sonstiger Status?«

»Waffenphalanx ausgefallen, Energiezufuhr abgeschnitten. Erneuter Vakuumeinbruch auf Sektion II-B. Schilde auf Null...«

»Triebwerke?«

»Triebwerke *noch* intakt.«

Die Bildübertragung flackerte. Der Schattenraumer, der seinen Tarnschirm in dreitausend Kilometer Entfernung von der SARATOGA am Rand des Triffidnebels abgestreift hatte, schien neben dem TF-Schiff festgenagelt zu sein. Der Gegner paßte sich der weiter steigenden Geschwindigkeit mühelos an; ein Katz-und-Maus-Spiel.

Er wartet, bis wir die Sprungaggregate aktivieren. Wenn wir uns gerettet wähnen, versetzt er uns den Todesstoß.

Aber war das die Denkweise der Grakos?

Sie vernichteten, was immer ihnen vor die Geschützpole kam – aber eine sadistische Ader war noch nicht an ihnen entdeckt worden.

Dann feiern wir heute Premiere, dachte Harker.

Er hatte nicht vor, seine Mannschaft an seinen Befürchtungen teilhaben zu lassen.

»Wie lange noch bis zum Transitionspunkt?« wandte er sich an Furlong, seinen Zweiten Offizier, der spindeldürr und kreidebleich bei den Ortungsinstrumenten stand und den Technikern dabei zusah, wie sie die Geräte wieder in Gang zu setzen versuchten.

»Dreißig Sekunden«, keuchte Furlong, ohne zu seinem Commander zu blicken.

Er zitterte.

Gottverdammt, dieser Kerl scheißt sich gleich in die Hose, dachte Harker.

Aus dem Maschinenraum kam die nächste Hiobsbotschaft: »Sir, die Konverter machen das nicht mehr lange mit. Belastung liegt bei dreihundert Prozent über Normal!«

Zwanzig Sekunden...

»Sie machen das schon, Kilroy!« antwortete Harker in Richtung Maschinenraum. »Zu Hause gebe ich einen aus!«

»Einen Sarg?« flachste Kilroy zurück.

Allmächtiger im Himmel, der hatte Humor!

Harker wandte sich den eigenen Kontrollen zu. Eine Schaltung genügte, und die taktischen Anzeigen wurden riesengroß in den Hauptschirm eingeblendet.

... zehn Sekunden...

Entfernung zum Schattenraumer unverändert dreitausend Kilometer. Geschwindigkeit bei siebenundzwanzig Prozent Licht. Kurs fünf Grad backbord. Nächstgelegenes Objekt: ein Stern der M-Klasse, sieben Lichtjahre entfernt. Alpha-Surani. Als unbedeutend im Sternregister vermerkt. Keine terranische Basis. Niemand, der helfen konnte.

»Schon eine Antwort auf unseren Spruch?«

»Negativ«, meldete Fox aus der Abteilung Funk.

»Sternenscheiße!« bellte Harker und zählte, die Augen nicht mehr von dem häßlich-bedrohlichen Schattenschiff wendend, innerlich die letzten Sekunden bis zum Notsprung ab.

... vier... drei.. zwei.. eins...

Wie er erwartet hatte, wurden die Aktivitäten an Bord der SARATOGA permanent von den Grakos überwacht.

Exakt in der Sekunde, als sich die Sprungenergien entfalteten und einen Spalt zum übergeordneten Kontinuum öffneten, waberte die elementare Vernichtungskraft des Schattenraumers auf das Erdschiff zu.

Die *Hölle*, nicht der Hyperraum, öffnete ihre Pforten und verschlang die SARATOGA mitsamt ihrer Besatzung.

*

Zur gleichen Zeit

Vonnock, der Alte:

Die Flüssigkeit, in der Vonnock schwamm, war mit Aromen versetzt, ihre Temperatur angenehm. Dennoch fror den Fanjuur.

Jedesmal, wenn er seinen mächtigen Körper bewegte – er tat dies unter kaum betäubten Qualen – gluckste es verhalten. Das Silber seiner Schuppen war matt geworden, genau wie der Glanz in seinen Augen. In beidem brach sich mildes Raumlicht, das sich von der Decke herab ergoß wie stetig fallender Regen. Wann immer die »Tropfen« dabei die Oberfläche des Sterbebeckens berührten, bildete Vonnock sich ein, es leise zischen zu hören. Als verglühten Funken in einer Pfütze.

Ihm war so kalt.

Daß es am Ende so sein würde, so erniedrigend, hatte er befürchtet, aber stets verdrängt.

Wieder wälzte er sich schwerfällig halb zur Seite, verursachte dabei neue Wellen und Geräusche, als wollte er die furchtbare Stille, die ihn einzementierte, bewußt zerbrechen. Sie war der Vorbote des Todes.

Der Tod: Wie oft er ihm doch auf *neutralem* Terrain begegnet war. Wie oft er ihn akzeptiert hatte – solange er nur nicht ihn selbst, sondern andere betroffen hatte.

Und nun, nun war es doch kaum zu ertragen, einfach dazuliegen und auf das *eigene,* unausweichliche Ende zu warten. Ein Besucher, den man nicht abweisen und von dem man nicht einmal Pünktlichkeit erwarten konnte. Er würde erscheinen, wenn *er* es für richtig erachtete.

Vonnock hatte die üblichen Rituale eingehalten. Hatte versucht, sich innerlich zu sammeln. Hatte sogar – was niemand je erfahren durfte – auf verpönte Beruhigungsmittel, die eines verdienten Kriegers unwürdig waren, zurückgegriffen.

Alles vergebens. Die Unruhe in seinem Herzen war geblieben. War von Stunde zu Stunde größer geworden. Er hatte nach seinen Angehörigen schicken lassen.

Wo blieben sie?

Immer wieder ließ Vonnock die Gesichter derer, mit denen er sich verbunden fühlte, vor seinem geistigen Auge aufmarschieren. Zögernd gestand er sich ein, daß er wußte, warum sie nicht kamen. Er hatte vieles falsch gemacht in diesem Leben. Viele hatten unter ihm zu leiden gehabt. Unter seiner konservativen Einstellung, seiner Strenge und Unduldsamkeit.

Aber hätte er noch einmal die Möglichkeit erhalten, sein Leben ganz von vorn zu beginnen und zu gestalten, er hätte, wenn die *Umstände* noch einmal identisch gewesen wären, auch alles wieder ganz genauso getan. Schließlich hatte er keine Gesetze verletzt und auch nicht gegen die Ethik seines Volkes verstoßen. Im Gegenteil: *Sie* hatten rebelliert.

Nein, vorzuwerfen hatte er sich nichts. Die Gesellschaft hatte sich nachteilig verändert. Die Fanjuur hätten es nie zu solcher Blüte gebracht, wenn sie einst nicht auch zur Selbstdisziplin fähig gewesen wären.

Aber die goldenen Zeiten schienen vorbei. Gegenwärtig war Herrscher Paalok die höchste Autorität. Ständig erließ er neue Gesetze, statt die altbewährten zu verteidigen. Die Stabilität des Sechssonnen-Reiches war in Gefahr. Achtunddreißig besiedelte Planeten drohten an inneren Querelen zu zerbrechen, und gerade in diesen unruhigen Zeiten war ein besiegt geglaubter Feind wieder aufgetaucht.

Die Qoorn.

Diese elenden Parasiten...

Vonnocks Blick schien sich zu trüben. Er wollte nicht an Dinge denken, an denen er nichts mehr ändern konnte. In seinem Kopf bildete sich ein grauenhafter Schmerz, der seine Gedanken so stark verwirrte, daß der Transponderhelm irrwitzige Befehle an das Raummodul übermittelte. Bevor das System ganz zusammenbrechen konnte, bekam sich Vonnock wieder in den Griff.

Manchmal wünschte er sich, die Augen einfach schließen zu können, wie andere Rassen, auf die sie gestoßen waren, es vermochten. Es mußte angenehm sein, so einfach Zuflucht in der Dunkelheit zu finden. Einfach ein paar Häute über die Pupillen ziehen. Die Gedanken in einen Abgrund aus Schwärze stürzen lassen. Wollte er denselben Zustand erreichen, brauchte er künstliche Hilfen...

Geräusche von jenseits der Tür schreckten ihn auf. Er meinte, Stimmen zu hören, die sich der hart akzentuierten Sprache seines Volkes bedienten. Leise jedoch, eher verstohlen als rücksichtsvoll.

Er versuchte, die Stimmen zu ignorieren. Er mißtraute ihnen. Fürchtete, daß das Ende schon wieder nähergerückt war und ihn mit noch ärgeren Halluzinationen peinigte.

Vonnock fühlte die Haube plötzlich fast schmerzhaft hart auf seinem Schädel. Er war kein Telepath, aber der Transponderhelm wandelte seine Mentalimpulse in für das Wabenmodul verständliche Befehle um.

Diesmal veränderte sich seine Umgebung gezielt, auch wenn es ihm zunehmend schwerer fiel, eindeutige Gedankenbefehlen zu formulieren. Die kahlen Wände verschwanden. Von einem Moment zum nächsten schien er als körperloses Bewußtsein im Weltall zu treiben.

Das heimatliche Doppelsonnensystem. Vor ihm der weiße Hauptstern, im Hintergrund – einen winzigen Teil des Kosmos gleichsam *zudeckend* – sein schwarzer, lichtloser »Bruder«.

Eine sehr zerbrechliche Balance hielt das Sternensystem seit Jahrmilliarden zusammen. Und das, obwohl der Dunkelstern im Laufe der Zeit seine sämtlichen Umläufer verschlungen hatte.

Die Planeten des Hauptsterns waren davon nicht in Mitleidenschaft gezogen worden. Zumindest nicht, seit die Fanjuur Himmelsbeobachtung betrieben. Die astronomischen Anfänge reichten etwa tausend *Drell* zurück, was knapp neunzig Laichperioden entsprach.

Vonnocks Bewußtsein füllte sich mit Erinnerungen.

Wo war in seiner schwersten Stunde seine Familie?

Die Sterne schienen von ihm abzurücken.

Zusammen mit seinen zyklischen Partnerinnen hatte er eine hohe Zahl von Nachkommen gezeugt. Nicht alle hatten die Laichschnur überwunden. Die Sterblichkeitsrate unter den Jungfanjuur war seit Generationen enorm, was die Oks, die Wissenschaftler der Fanjuur, hauptsächlich auf die Entartung des galaktischen Magnetfelds zurückführten. Die Strahlenwerte hatten sich in den letzten fünfhundert *Drell* beinahe verdoppelt.

Vonnocks Wünsche verwandelten die Decke in einen riesigen Spiegel, der ihm erbarmungslos zeigte, was aus ihm geworden war; ihm, dem einstigen Elitekämpfer.

Ein siechendes Wrack.

Nackt, jeglicher Kleidung und jeglicher sonstiger Ehrenabzeichen entledigt, lag er in der schlierigen Flüssigkeit, die ihn auch nicht mehr retten würde.

Es war Zeit. Zeit, Abschied zu nehmen. Zeit, die Augen auch *ohne* Häute für immer zu schließen…

… und dann?

Was kam danach?

Die uralte Frage.

Nicht einmal die Oks wußten darauf eine verläßliche Antwort.

Von der Tür her erklang ein Summton, der scharf in die Stille hineinschnitt.

Der Spiegel über Vonnock schien in tausend Scherben zu zerspringen. Im nächsten Moment war es wieder nichts anderes mehr als eine Decke aus porösem Kunststein.

Ohne auf den Transponder zurückzugreifen, erteilte der Fanjuur mit schwacher Stimme Befehl, das Trennschott zu öffnen. Es glitt leise zur Seite.

Eine Art Prozession, angeführt von Shyna, seiner Altersgefährtin, betrat den kreisrunden Raum, in dessen Mittelpunkt das Bekken in den Boden eingelassen war, das nicht nur Sinnbild des *Lebens* eines Fanjuur war, sondern auch von dessen schließlichem Tod.

Im Wasser begann alles Leben, im Wasser sollte es auch enden.

Shyna trat neben Vonnock ans Becken. »Wie geht es dir?« fragte sie.

»Ich lebe noch« Seine Antwort fiel zynischer aus, als er es wollte. Aber die *Nächsten*, die mit seiner Gefährtin hereingeströmt waren, erinnerten ihn in diesem Moment frappierend an die Qoorn, die schrecklichsten Schmarotzer, die das Universum je hervorgebracht hatte.

Wie meine Nächsten also, dachte Vonnock dumpf. *Sie warten nur darauf, daß ich aufhöre zu atmen. Dann werden sie anfangen, sich um meine Hinterlassenschaften zu streiten. Vielleicht werden sie Shyna sogar zwingen, mir zu folgen… weiß sie das überhaupt?*

Es hatte nicht den Anschein, als wirkte seine Gefährtin übermäßig besorgt, so wenig wie betrübt. Konnte es sein, daß der drohende eigene Tod sie deshalb so wenig schreckte, weil das Leben an

Vonnocks Seite schon furchtbar genug gewesen war?

Vonnock schaute an ihr vorbei und entdeckte zwei frühere Laichpartnerinnen. Sie wichen seinen Blicken aus. Dann sah er t'Vonn. Das »t« vor seinem Namen bedeutete, daß Vonnock ihn verstoßen hatte.

Im ersten Moment wollte er aufbrausen, das Sterbebecken verlassen und den verlorenen Sohn mit seinen eigenen Händen davonjagen.

Doch dieser Impuls verpuffte, löste lediglich eine ungewisse Abfolge von Hell-Dunkel-Phasen aus, weil das Raummodul von Vonnocks Emotionen strapaziert wurde.

Er hob die langen Arme und streifte den Transponderhelm vom Kopf.

Das Licht kam zur Ruhe, blieb aber entlarvend hell. Entlarvend sowohl für die Mitglieder der Prozession, weil es ihre Regungen bis ins kleinste hervorkehrte, entlarvend aber auch, was Vonnocks Befindlichkeit betraf.

Alle konnten sich mit eigenen Augen davon überzeugen, daß er in seinen letzten Zügen lag. Die Schuppen waren fahl, die Augen... die Augen erinnerten an von innen mit Wasserdampf beschlagene Scheiben.

»Geht«, sagte Vonnock mit brüchiger Stimme. »Das Modul wird euch benachrichtigen, sobald es vorbei ist.«

Shynas Mimik war nicht zu deuten. »Du willst den Übergang allein vollziehen?«

»Nicht ganz«, erwiderte er.

»Was heißt das? Soll ich bei dir bleiben? Soll ich...?«

Er verneinte mit einer knappen, aber unwiderruflichen Geste seiner krallenbewehrten Klaue. »Geht jetzt – ich bitte euch! *Genießt das Vergängliche!«*

Sie bedankte sich höflich, wandte sich dann wieder dem Ausgang zu. Auch der Rest der Prozession geriet in Bewegung. Sie alle wirkten erleichtert, nicht länger in seiner Nähe bleiben zu müssen.

Nur einer nicht.

Vonnock sah sich in seinem Entschluß bestätigt. »Wenn du es willst, bleib bei mir, t'Vonn«, wandte er sich an den nicht sehr großen, ungewöhnlich zart gebauten Fanjuur in der schwarzen, locker fallenden Kleidung, der zusammenzuckte.

Selbst seine Kleidung, dachte Vonnock beschämt, *drückt aus, was aus ihm geworden ist – was ich aus ihm* gemacht *habe.*

»Ich will«, sagte t'Vonn.

Vonnock wartete, bis der Rest der Familie den Raum verlassen hatte. »Verriegele die Tür«, bat er dann. »Und aktiviere das Stummfeld.«

Der junge Fanjuur gehorchte. Das Stummfeld war eine Vorrichtung, die einen Raum nach außen hin akustisch abschottete. Gleichzeitig störte sie auch weitergehende technische Lauschversuche.

»Komm näher.«

Diesmal zögerte t'Vonn, dessen dunkelgrüne Kiemenlamellen unruhig flatterten, obwohl er sie gar nicht zum Atmen brauchte. Es war ein evolutionäres Überbleibsel aus der Zeit, als Fanjuur noch überwiegend im Wasser gelebt hatten. Für ein nicht mehr planetengebundenes Volk waren die Lungen wichtiger als die Kiemen, die nur noch in seltenen Fällen gefordert wurden. Inzwischen hatten sich die Fanjuur so weit von ihrem Ursprung entfernt, daß es ihnen nicht mehr möglich gewesen wäre, uneingeschränkt unter Wasser zu agieren. Schon nach kurzen Tauchphasen mußten sie zur Oberfläche zurückkehren und dort Atem schöpfen.

Es war kein wirkliches Handikap. Nachteiliger wäre es gewesen, wenn sie nach kurzen Aufenthalten stets wieder ins Wasser hätten zurückkehren müssen. *Dadurch wäre unsere Handlungsfähigkeit,* dachte Vonnock, *sehr viel stärker eingeschränkt. Wahrscheinlich hätten wir nie die Sterne erobert.*

»Du brauchst keine Angst zu haben. Komm.«

»Ich habe keine Angst.«

»Was sonst? Ekel?« Vonnock war von sich selbst überrascht.

»Was willst du von mir?«

»Dich um einen Gefallen bitten.«

Es war t'Vonn unmöglich, seine Verblüffung zu verbergen. Wahrscheinlich hatte Vonnock es noch niemals geschafft, einen Fanjuur so in Erstaunen zu versetzen wie seinen *Nächsten.*

»Ausgerechnet mich? Wenn du mich vor deinem Abschied noch einmal verhöhnen...«

Vonnock fiel ihm ins Wort: »Das habe ich nicht vor. Du bist für das, was ich vorhabe, nur am besten geeignet von allen.«

Der junge, ganz in Schwarz gekleidete Fanjuur kam näher. Unmittelbar neben dem Becken blieb er stehen. Seine überlangen Arme berührten den rutschfesten Boden. Die riesigen Augen über dem breiten Mund waren unsicher auf Vonnock gerichtet, von dem nur der Kopf und die krallenbewehrten Hände aus dem Wasser ragten.

»Worum geht es?« fragte t'Vonn.

»Du haßt mich, oder?«

Wie ein Turm ragte t'Vonn neben ihm auf. Er schwieg.

»Du hast allen Grund, es zu tun, gib es ruhig zu. Ich habe dein Leben zerstört. Deine Zukunft. Weil du meine zerstört hast.«

Der Turm schwankte. Dann machte t'Vonn eine Bewegung, als wollte er sich zum Ausgang wenden.

»Bleib!«

»Ich höre mir das nicht an.«

»Du läßt dir eine einzigartige Gelegenheit entgehen...«

»Du hattest recht.«

»Womit?«

»Du widerst mich an!«

»Gut.« Vonnock löste eine Klaue vom gewölbten Beckenrand. »Das wird es erleichtern. Geh dort an die Wand und öffne das Fach.«

Vonnock wies in die Richtung, die er meinte. Er versuchte, sich nicht anmerken zu lassen, welche Anspannung Besitz von ihm ergriffen hatte. Würde t'Vonns Neugier oder seine Abscheu siegen?

»Du hast meine Karriere bei der Raumflotte ruiniert«, goß Vonnock weiter Öl ins Feuer. »Ach, hätten doch die Forr-Vögel deinen Laich gefressen, bevor du schlüpfen und uns Schande machen konntest!«

Er sah, wie t'Vonn erzitterte. Wie sich die hauchfeinen Membranen seiner Kiemenöffnungen noch dunkler färbten und dann ein Ruck durch den jugendlichen, energiegeladenen Körper ging. Mit wenigen Schritten hatte er die konkave Wand erreicht. Schwach zeichneten sich die Umrisse der Luke ab, die das Fach verschloß.

»Ich bin nicht autorisiert, es zu öffnen«, sagte t'Vonn mit vibrierender Stimme. »Du bist als einziger befugt...«

»Das war einmal«, berichtigte ihn Vonnock. »Ich habe die Autorisierung geändert. Halte dein Auge vor den Netzhautscanner. Mach schon!«

Er sah zu, wie t'Vonn seine Anweisung befolgte. Die Luke öffnete sich. Die Nische, die dahinter zum Vorschein kam, war beleuchtet. Es gab nur zwei baulich identische Gegenstände in dem Hohlraum.

»Q-Blaster!« entwich es t'Vonns Mund in einem staunenden Atemstoß.

»Was ging dir durch den Kopf, als ich dich bat, zu bleiben?« fragte Vonnock mit fast wissenschaftlicher Neugier. »Dachtest du, ich wolle dich um Verzeihung bitten? Dafür, daß du mein Leben ruiniert hast?«

Sein *Nächster* gab keine Antwort. Er war völlig auf die monströsen Waffen konzentriert, die in Reichweite vor ihm lagen.

Erbeutete Q-Blaster.

Vonnock erinnerte sich noch genau, wie sie ihm in die Hände gefallen waren. Es war bei einem seiner letzten Fronteinsätze an der Peripherie des Qoorn-Reiches gewesen.

»Verbotene Waffen!« keuchte t'Vonn. »Wenn man dich damit erwischt...«

Vonnocks klackendes Lachen unterbrach ihn. »Was dann? Was, das mir noch nicht angetan worden wäre, könnte mir noch blühen?

Meine Ehrenauszeichnungen hat man mir bereits abgenommen, meine Würde ebenfalls – *wovor also sollte ich mich noch fürchten?* Ich sterbe.« Vonnock seufzte. »Wenn du es so willst, bin ich *unangreifbar* geworden.«

Die Gestalt vor dem geheimen Waffendepot vollführte eine Geste, die Vonnocks Worte in Zweifel stellen sollte. »Dir kann das Schlimmste überhaupt passieren: Wenn man dir auf die Schliche kommt, daß du Q-Waffen beiseite geschafft hast, wird man dir den *Schlund* verwehren. Du wirst... du wirst...«, t'Vonn rang um seine Fassung, »... ärger geächtet werden als ich und *niemals* auf die Ebene unserer Ahnen gelangen!«

In Vonnocks Augen erschien ein Glitzern, das ihn, wäre die Decke noch ein Spiegel gewesen und hätte er sich darin betrachten können, vielleicht selbst erschreckt hätte. »Ich verrate dir jetzt ein Geheimnis«, sagte er.

Es bereitete ihm Genugtuung, daß diese Ankündigung den anderen noch mehr entsetzte. Langsam, jedes Wort seltsam betont, sprach er sein Geheimnis aus: *»Ich glaube nicht an das Leben nach dem Tode.«*

Einen Moment lang war Vonnock überzeugt, daß der Aufschrei, der t'Vonns Kehle entfloh, trotz Stummfeld bis nach draußen zu hören sein müßte.

Es beunruhigte ihn jedoch nicht wirklich. Geduldig wartete er, bis t'Vonn sich wieder gefangen hatte.

»Wie du siehst«, sagte Vonnock, »bin ich dir gar nicht so unähnlich, wie du es immer geglaubt hast. Ich bin auch ein *Rebell*, auf meine Weise. Aber ich wäre damit nie an die Öffentlichkeit gegangen. Du hast es getan – und damit begann der Niedergang unserer Familie...«

Der junge Fanjuur bewies, daß er sich tatsächlich wieder gefaßt hatte. Ein Ruck ging durch seinen Körper. Kerzengerade stand er plötzlich da. »Du bist ein Heuchler – der erbärmlichste Heuchler, der mir je begegnet ist. Du hast mich ohne Zögern dem Bann ausgesetzt, hast dich von mir losgesagt, obwohl ich, wie du selbst sagst, nicht anders bin als du – und nichts anderes getan hatte, als meine *Überzeugung* zu verteidigen. Ich wollte nie töten. Ich will es auch heute noch nicht und glaube an die friedliche Koexistenz der vielen Spezies, die in dieser Insel ansässig sind, und seien sie auf den ersten Blick auch noch so verschieden, noch so *anders* in ihrer Lebensweise!«

Eine von Vonnocks Klauen fiel patschend ins Wasser. »Auch mit den Qoorn?« fragte er hämisch.

»Was wissen wir denn über sie? Nichts!«

»Nichts außer daß sie unsere Laichwelten überfallen und unsere Brut verseuchen.«

»Wir hätten versuchen können, Frieden mit ihnen auszuhandeln. Auch ihnen kann nicht daran gelegen sein, nur noch zum Sterben geboren zu werden!«

»Weißt du, wie sich Qoorn vermehren?« fragte Vonnock voller Abscheu.

»Sie gebären lebend«, bewies t'Vonn seine Kenntnis.

»Lebend!« bestätigte Vonnock. »Ihre Weibchen tragen die Frucht in ihrem häßlichen Leib aus, bis sie völlig entwickelt ist. So bringen sie sie zur Welt. An Land. Sie hassen Wasser. Sag mir, warum sie dann ausgerechnet dort auftauchen, wo *viel* Wasser ist. Wo wir schon *vor* ihnen waren, also die älteren Rechte haben...«

»Das Mißverständnis muß schon beim ersten Zusammentreffen entstanden sein. Danach hat niemand mehr wissen wollen, welche Motive den anderen bewegen.«

»Mißverständnis? Du bist unverbesserlich!«

»Was willst du von mir? Was noch, außer mich beschimpfen?«

»Ich will«, sagte Vonnock und deutete an t'Vonn vorbei auf die Qoorn-Waffen, »von dir, bevor ich sterbe, den Beweis, daß du kein *völliger* Schwächling und Versager bist. Daß du dich, wenn es darauf ankommt, zusammenreißen kannst!«

»Ich soll...?«

»Du sollst dich mit mir duellieren.«

»Du bist wahnsinnig!«

»Du willst dich also auch davor drücken? Aber das lasse ich nicht zu. Bevor ich sterbe, werde ich dir beweisen, daß es auch in dir steckt: Daß du töten *kannst*, wenn dein eigenes, erbärmliches Leben bedroht ist.«

»Du irrst dich – wie so oft. Es beweist mir nur noch einmal nachdrücklich, daß du mich nie verstanden hast.«

»Schande meines Lebens! Dann gib mir wenigstens *einen* der Blaster!«

»Wozu?«

»Ich lege keinen Wert auf den *Schlund*. Die Waffe unserer Feinde wird es ebenso sauber erledigen. Ich habe im Leben auf voller Linie versagt. Laß mich wenigstens die Art und Weise meines Todes bestimmen.«

»Du bist wirklich wahnsinnig! Wie kannst du diese Waffe mit dem *Schlund* vergleichen, der unsere Tür zum nächsten Leben ist? Nicht ich, du bist derjenige, der unsere Werte verrät und untergräbt! Und zwar die einzigen Werte, die wirklich zählen. Krieg gehört für mich nicht dazu.«

»Du redest von Werten? Ich habe dich verstoßen, weil du dich geweigert hast, deiner Bestimmung zu folgen. Kampf für das eigene Volk ist die höchste Ehre! Aber anstatt gegen den Feind zu kämpfen, hast du dich feige anderen Feiglingen angeschlossen, die genauso verwirrt sind wie du. Als das bekannt wurde, mußte ich meinen Dienst quittieren. Du hättest mir nichts Schlimmeres antun können.«

»Du hast immer nur an dich gedacht. Aber die Zeiten beginnen sich zu ändern. Es gibt immer mehr Fanjuur wie mich, die…«

»Wenn das so ist, wird unser Volk untergehen«, unterbrach Vonnock ihn mit aller Bestimmtheit. »Dann bin ich froh, das nicht mehr erleben zu müssen. – Den Blaster!«

T'Vonn zögerte ein letztes Mal. Dann sagte er: »Aber warte, bis ich draußen bin. Warte, bis ich mit den anderen hereinkomme. Sie sollen sehen, daß du dich selbst aus der Verantwortung stiehlst – und daß *du* die größte Schande der Familie bist.«

»Wenn es dir hilft«, willigte Vonnock ein. »Die Feigheit steckt noch tiefer in dir, als ich dachte.«

T'Vonn antwortete nicht. Er griff in das Tresorfach und nahm einen der erbeuteten Blaster heraus. Er war leicht. Viel leichter, als sein Äußeres vorgab. Aber das konnte nicht über seine Gefährlichkeit und Heimtücke hinwegtäuschen. Wie alles, was mit den Qoorn zu tun hatte – zumindest wie alles, was die offizielle Propaganda dem Volk mitteilte –, waren auch ihre Waffen monströs. Sie töteten nicht nur, sie ließen ihre Opfer wie in *Zeitlupe* sterben. Der Tod, wenn er dann endlich kam, war nur noch eine Erlösung.

T'Vonn begab sich mit der Waffe neben das Becken. Er brauchte sich nicht einmal zu bücken, seine Arme reichten auch so beinahe bis zum Boden.

Vonnock nahm den Blaster mit zittriger Hand. Die eigene Schwäche ekelte ihn an. Aber er hatte erreicht, was er wollte. Das verlieh ihm noch einmal Kraft.

Eine Weile betrachtete er das monströse Vernichtungswerkzeug, mit dem so viele Erinnerungen verbunden waren.

Es war der vielleicht letzte Triumph in seinem Kriegerleben gewesen, jene Schlacht, in der er die beiden Blaster erbeuten konnte – danach hatte man ihn mit Schimpf und Schande nach Hause gerufen. T'Vonns wegen.

T'Vonn.

»Schande meines Lebens«, preßte er noch einmal hervor. »Geh jetzt. Hol die anderen!«

Er wartete, bis t'Vonn drei Schritte getan hatte.

Dann hob er die Waffe.

Trotz seiner Schwäche hatte er noch nichts von seiner Zielsicherheit verlernt. Er traf seinen *Nächsten* in den Rücken.

T'Vonn brüllte auf, wie Vonnock ihn noch nie hatte brüllen hören – aber es sich in seinen Träumen unzählige Male gewünscht hatte.

Er deaktivierte das Stummfeld, so daß die anderen alarmiert hereinstürmten.

Das erste, was sie sahen, war t'Vonn, der sich am Boden wand und dabei von innen heraus zerfressen wurde.

Shyna war die einzige, die sofort auf Vonnock zu eilte. Aber auch sie konnte nicht verhindern, daß er den Abstrahlpol der Waffe gegen sich selbst richtete und abdrückte.

Er hörte noch ihren wutentbrannten Schrei, denn die Familie war mit dieser Tat endgültig aus der Gesellschaft herausgeschnitten.

Und er hörte noch, wie der Blaster ins Wasser fiel. Es klang wie die eingebildeten Lichttropfen, die in einer Pfütze verglühten. Nur sehr viel lauter.

Dann entrückte die Umgebung dem Fanjuur. Das Sterben zog ihn ganz in seinen Bann.

Er versuchte, sich vorzugaukeln, im Kampf von einem Qoorn getroffen worden zu sein. In einer Schlacht zu fallen. Doch *diese* Art des Sterbens entlarvte jede Lüge. Die Qual war endlos.

Bis sie schließlich doch endete.

*

Der Hyperraum spie die SARATOGA aus wie ein unheimliches Maul eine verdorbene Frucht.

Der Entzerrungsschmerz fühlte sich in etwa an, als versuchte jemand, mit einem mehr oder weniger scharfen Messer die Wirbelsäule eines jeden Besatzungsmitglieds – bei lebendigem Leib und ohne Narkose – aus dessen Körper herauszuschälen.

Kurtwood Harker, Kommandant der SARATOGA, war unter den ersten, die sich wieder in der Realität zurückfanden.

Zumindest er empfand den Schmerz als etwas Willkommenes, verriet er doch sicher, daß er noch am Leben war, wider alle Wahrscheinlichkeit.

»Schadensbericht!«

Seine Zunge malte wie ein Fremdkörper im Mund. Die Kehle war wie ausgedörrt, die Augen blutunterlaufen. Zahllose Äderchen waren im Weiß der Pupille geplatzt. Neben dem Schmerz, der das

Rückgrat hinauf- und wieder herabzüngelte, war ihm auch flau im Magen. Er rechnete damit, sich übergeben zu müssen – was rings um ihn bereits bei anderen Mitgliedern der Zentralebesatzung geschehen war. Der Geruch von Galle hing in der Luft. Alles war naß. Die automatische Löscheinrichtung hatte nicht nur die aufgeflammten Brände erstickt, sondern auch jeden Mann und jede Frau einer ungewollten Dusche unterzogen.

»Boulder, Furlong – Lagebericht!«

Harker ließ seinen Blick schweifen. Die Schleier, die davor wogten, legten sich. Im Licht der Notbeleuchtung sah er, wie sich die Besatzung nach und nach aufrappelte. Einige hingen in ihren Sitzgurten, andere lagen über den Boden verstreut.

Bei den meisten schien es mit ein paar blauen Flecken und Schrammen abgegangen zu sein; hie und da stöhnten Mannschaftsmitglieder aber auch mit verzerrten Mienen. Wahrscheinlich hatten sie sich etwas gebrochen, zumindest aber übel gestaucht.

Wankend tauchte Boulder neben Harker auf. »Furlong ist tot«, sagte er tonlos und nickte hinüber zur Ortungskonsole.

»Tot?« echote Harker.

»Er muß gegen die Wand geschleudert worden sein. So unglücklich, daß er sich dabei das Genick brach.«

An dem Umstand, daß er den Inhalt von Boulders Worten so langsam begriff, erkannte Harker, daß er immer noch nicht ganz bei sich war.

»Lage?« wiederholte er noch einmal.

»Ich habe vor zwei Minuten mit Kilroy gesprochen. Der Antrieb ist hin. Wir können von Glück sagen, daß die Konverter nicht kritisch wurden, sonst wären wir schon alle dort, wo Furlong auf uns wartet.«

»Ich liebe Ihre blumige Ausdrucksweise.«

»Ich liebe *Blumen*«, erwiderte Boulder launig. Er hatte eng zusammenstehende Augen, die noch mehr aufeinander zugerückt zu sein schienen. »Aber ich schätze, ich werde so bald keine mehr sehen.«

»Quatsch!« Harker löste die Gurte und stemmte sich, gestützt auf die Lehne, nach oben. »Man wird uns zu Hilfe eilen. Gibt es schon eine Reaktion auf unseren Notruf? Wenn nicht, wiederholen! Aber auf der üblichen Frequenz für solche Fälle. Ich habe keine Lust, die verdammten Insekten noch einmal auf uns aufmerksam zu machen! Unsere *Fliegenklatsche* ist sicher immer noch defekt... richtig?«

»Wenn es nur das wäre«, seufzte Boulder, während er zwei Mann der Besatzung zu Furlong schickte. Seine Geste war für die Männer unmißverständlich. Sie wußten, was sie zu tun hatten.

Allmählich normalisierte sich die Lage leidlich. Die Gesunden begannen mit Aufräum- und Reparaturarbeiten oder verarzteten die Verletzten.

Neben Furlong gab es noch drei weitere Opfer zu beklagen. Sie hatten sich zum Zeitpunkt des Beschusses durch die Grakos im Gängegewirr der SARATOGA bewegt. Einer war von einer herabstürzenden Strebe erschlagen worden, zwei andere hatte es beim Hüllenbruch ins All hinausgesaugt und zerrissen. Der Weltraum, für sie längst zur zweiten Heimat avanciert, war auch ihr Grab geworden.

»Was heißt, *wenn es nur das wäre*?« Harker faßte seinen Ersten scharf ins Auge.

»Unsere Hyperfunkanlage hat nur noch Schrottwert«, sagte Boulder, ohne sich davon beirren zu lassen.

»Wir haben immer noch die Sternschnuppe...«

Sternschnuppen wurden die Beiboote auf ehemaligen Giantraumern genannt. Auch heute noch.

Boulder schüttelte den Kopf. »Die haben wir verloren.«

»Verloren?«

»Nachdem die Schilde auf Null waren und verschiedentlich Andruckkräfte durchkamen, spaltete sich das Hangarschott. Unser Beiboot muß noch in der Gegend treiben, aus der wir uns verabschiedet haben...«

Harkers Gesicht war grau geworden. Er sah zehn Jahre älter aus als noch vor einer Stunde. »Dann«, schnarrte er, »will ich mal so fragen: Welche Geräte *funktionieren* denn noch? Wie lange können wir unter den gegebenen Umständen überleben? Triebwerks- und Funkausfall, kein Rettungsboot... heilige Scheiße, es muß doch auch gute Nachrichten geben!«

»Impuls funktioniert noch. Und die Reichweitensensoren. Kilroy schließt nicht aus, das Sprungtriebwerk mit Bordmitteln flicken zu können – aber frühestens in zwei, drei Wochen.«

»Zwei, drei Wochen?« Harker hatte sich selten so hilflos und einer Situation ausgeliefert gefühlt. Er ertappte sich sogar bei dem Wunsch, den Schatten lieber *nicht* entkommen zu sein.

»Wurden unsere gegenwärtigen Koordinaten ermittelt?«

»Noch nicht.«

»Das kann doch nicht so lange dauern, Sternkartenabgleich...«

»Der Suprasensor wurde auch beschädigt. Verschiedene Speicherbänke sind vollständig gelöscht, darunter auch alle relevanten astronomischen Daten...«

»Mit anderen Worten«, sagte Harker, so leise, daß nur Boulder es hören konnte, »die Grakos haben es doch geschafft. Wir können nur noch hoffen, daß die Gefügeerschütterung bei unserer Rematerialisierung zufällig von einem Flottenschiff oder einer uns wohlmeinenden intelligenten Spezies angemessen wurde und man uns zu Hilfe eilt...«

»Richtig«, sagte Boulder. »Darüber hinaus existiert jedoch auch in unserer relativen Nähe etwas, das uns weiterhelfen könnte.«

»Nähe? Wie nahe?«

»Sechs Lichtmonate.«

Harker wußte nicht, ob er Boulder wegen seiner Abgebrühtheit bewundern oder in den Allerwertesten treten sollte.

»Sie entwickeln sich mehr und mehr zum Scherzkeks. Sechs Lichtmonate. Wir bräuchten Monate, um...«

»Wollen Sie nicht erst wissen, worum es sich handelt?«

»Sagen Sie es mir.«

»Es ist ein Würfel.«

»Ein Würfel?«

»Ein Würfel aus Metall – und von gut sechzig Kilometern Kantenlänge.«

*

Sechzig Kilometer...

Zunächst war Kurtwood Harker geneigt gewesen, die Behauptung seines Ersten Offiziers für Übertreibung, Irrtum oder dergleichen zu halten.

Inzwischen hatte er die ersten Ergebnisse der Fernortung vorliegen.

Es stimmte: Dort draußen, noch tief im Meer der Dunkelheit verborgen, *war* etwas.

Kubusförmig.

Riesig.

Und, glaubte man auch diesem Resultat, ganz aus Metall bestehend. Einer *Legierung* von außerordentlicher Komplexität...

Das Brückenschott war aufgeglitten. Dave Kilroy, ein schwergewichtiger, trotzdem äußerst beweglicher Mann, stapfte herein.

»Kilroy hier, Sir! Sie wollten mich sprechen. Aber ich muß Ihnen gleich sagen...«

»Schon gut, ich weiß, Sie werden dringend für weitere Flickschustereien im Maschinenraum benötigt.«

»Wenn Sie es so nennen wollen. Nadel und Faden wäre mal was ganz Neues auf dem Gebiet«, feixte Kilroy, nicht einmal in dieser Situation um einen Spruch verlegen.

»Ich habe Sie zu mir gebeten«, sagte Harker mit steinerner Miene und winkte den Chefingenieur zu sich vor den Panoramaschirm, auf das vom Suprasensor das irreale Bild überspielt worden war, das die Langstreckensensoren zusammengepuzzelt hatten. Ein Meer von farbigen Klecksen, Ringen und anderen geometrischen Mustern, »um Ihre Meinung dazu zu hören – und Ihnen die allesentscheidende Frage zu stellen, ob Sie die Möglichkeit wenigstens einer Minimaltransition über ein paar Lichtmonate hinweg sehen.«

»Was ist das für ein Objekt?« fragte der Chief.

Boulder übernahm es, ihm zu erläutern, was man bislang darüber wußte.

»Eine solch gigantische Station wäre doch wohl nur einer Spezies zuzutrauen, oder?« Kilroy kniff ein Auge zusammen und legte den Kopf schief. Durch sein wirres Haar und die ausgeprägte Hakennase erinnerte er dabei an einen zerrupften Papagei; es fehlte ihm nur etwas an Farbe.

»Die Mysterious«, nickte Harker. »Erste Auswertungen der Legierung sprechen überdies für das uns bestens bekannte Unitall. Es gibt jedoch noch eine zweite, seltenere Komponente, nicht in die Legierung eingebunden, sondern autark. Aus dieser Entfernung läßt sich nicht genau bestimmen, was es ist. Dazu ist der Anteil zu gering.«

»Mysterious, Unitall – wow! Wie wär's mit einem kleinen Abstecher dorthin?«

»Hören Sie auf, hier den Kasper zu spielen!« fauchte ihn Harker an. »Dafür ist die Lage zu ernst. Wir *wollen* dorthin – weil uns augenblicklich gar keine Alternative offensteht. Und weil es vielleicht der einzige Ort in relativer Reichweite ist, an dem wir lange genug überleben können, bis man uns zu Hilfe eilt! Ich kann nur hoffen, daß es eine M-Station ist, und daß sie uns nicht als Feind einstuft. Aber dieses Risiko werden wir eingehen. Ich wüßte momentan keine Alternative. Der Hyperfunk ist irreparabel beschädigt, sonst würde ich das hier mit der Besatzung aussitzen, bis wir Hilfe anfordern können.«

Es kam selten vor, daß Harker ein solch düsteres Credo hielt. Die SARATOGA war ein hochmodernes Kriegsschiff, zumindest gewesen, und ihre Besatzung bestand aus bestens ausgebildeten Soldaten, die wußten, was sie zwischen den Sternen erwarten konnte.

Erst recht, seit die Grakos aufgetaucht waren.

»Ich verstehe.«

»Vielleicht gibt es bei dieser... Station Möglichkeiten, Hilfe anzufordern. Einen Spruch abzusetzen.«

»Halten Sie es für möglich, daß sie... nun, daß sie noch bemannt ist?«

In Harkers eisgrauen Augen blitzte es auf. »Von Mysterious?«

Kilroy nickte.

»Nein. Die Mysterious existieren schon seit tausend Jahren nicht mehr. Es wäre absurd, anzunehmen, wir hätten durch Zufall ihre letzte Zuflucht gefunden.«

Sowohl Kilroy als auch Boulder enthielten sich eines Kommentars. Ihrem Mienenspiel war jedoch anzusehen, daß sie die Ansicht ihres Commanders nur bedingt teilten.

»Ich wiederhole noch einmal meine Frage«, sagte Harker, »geben die Aggregate noch genug her, um einen Kurzsprung bis zu diesem Kubus wagen zu können?«

Kilroy warf noch einmal einen Blick auf das Ortungsmuster auf dem Schirm. Schließlich leckte er sich über seine Lippen und nickte.

»Geben Sie mir ein paar Stunden. Dann versuchen wir es. Ich muß die Eindämmung des Antriebskerns stabilisieren. Sonst würde die kleinste Transition zur Einbahnstraße für uns: ab in den Hyperraum, ohne Rückfahrkarte!«

»Ich verlasse mich auf Sie!«

»Yessir!«

Kilroy verließ die Brücke, während sich Harker und Boulder den permanent eingehenden Ortungswerten widmeten.

»Unitall... Mysterious...« murmelte Harker. »Heilige Galaxis, und wir können der Erde nichts davon erzählen! Ren Dhark würde einen Freudentanz aufführen, mal wieder ein neues Artefakt der Geheimnisvollen auf dem Tablett serviert zu bekommen...«

Boulder schwieg. Er sagte es nicht, aber der Würfel bereitete ihm Unbehagen. Angst.

Ein Unitall-Würfel von sechzig Kilometern Kantenlänge...

*

Die nächsten Stunden verliefen in beklemmender Atmosphäre. Der Tod hatte Einzug in die SARATOGA gehalten, Tod und Zerstörung. Das vortags noch stolze Schiff der Planetenklasse war nur noch ein besseres Wrack.

Wie war man der totalen Vernichtung durch die Grakos eigentlich entronnen?

Es gab nur eine Erklärung: Die Schatten hatten in diesem einen Fall *zu* hoch gepokert – das sicher gewähnte Wild war ihnen dadurch durch die Lappen gegangen.

Aber Grakos, die Spielchen spielten... Kurtwood Harker schüttelte immer wieder den Kopf, wenn er an das Katz-und-Maus-Gehabe der Insektoiden dachte. Sie entwickelten ganz neue Charakterzüge.

Charakter...

Entartete Bestien waren das!

Etwas anderes vermochte Harker in ihnen nicht mehr zu sehen.

Drei Tote – ein weiterer Schwerverletzter kämpfte noch ums Überleben. Der Doc hatte Harker wenig Hoffnung machen können. Alle wichtigen Instrumente auf der Medo-Station waren ausgefallen.

Irreparabel.

Auch so ein Wort, das Harker hassen lernte...

Während allenthalben die Aufräum- und Instandsetzungsarbeiten in vollem Gang waren, fand die eigentliche Schufterei im Maschinenraum statt, wo sich Chief Kilroy in den Kopf gesetzt hatte, nicht einfach nur seinen Job zu tun, sondern ein *Wunder* zu vollbringen.

Trotzdem dauerte es länger als von ihm veranschlagt, bis er den Erfolg melden konnte.

Kurtwood Harker hielt sich zu diesem Zeitpunkt in seiner Kabine auf. Wo er vor den 3-D-Fotos seiner Familie stand. Seiner Familie, die auf der Erde weilte und inzwischen wohl vom Flottenkommando erfahren hatte, daß die SARATOGA nach Feindkontakt als vermißt galt.

Falls der Hyperspruch angekommen war.

Kathy, Harkers Frau, lächelte das Lächeln, in das er sich vor rund zehn Jahren verliebt hatte, damals auf der Akademie. Und Dylan, sein Sohn, schnitt wie üblich, wenn er fotografiert wurde, eine Grimasse. Er war eine Sportskanone mit Ambitionen, Profi-Baseballer zu werden. Nell war ihrer Mutter wie aus dem Gesicht geschnitten. In ein paar Jahren würden sich die Jungs um sie reißen...

Harker hatte immer gehofft, das alles zu erleben.

Dabei zu sein, wenn seine Kinder groß wurden.

Diese Hoffnung war in den letzten Stunden rapide gesunken und inzwischen fast auf dem Nullpunkt – trotz der derzeit laufenden Bemühungen und trotz der unbekannten Station, die vielleicht in Reichweite rücken würde.

Und dann?

Würden die Probleme dann nicht erst anfangen?

Das Vipho summte. Harker ging zu seinem Schreibtisch und nahm das Gespräch entgegen. Von all den Personen, die in Betracht kamen, ihn zu stören, war es Chief Kilroy.

»Sir, es ist soweit.«

Seine Wangen glühten vor Stolz.

»Sie haben es geschafft?«

Kilroy nickte. »Mein Baby wird uns zum Würfel bringen. Danach wird nicht einmal Gott selbst es noch einmal zu *irgendeiner* Tat bewegen können. Rechnen Sie damit, daß das Aggregat vollständig ausbrennen wird.«

Harker warf einen flüchtigen Blick am Viphoschirm vorbei zum Bild seiner Familie. »Sie glauben an Gott?« fragte er.

»Nicht wirklich«, sagte Kilroy.

Harker nickte. »Ich bin in fünf Minuten auf der Brücke.«

*

Die SARATOGA beschleunigte *sacht.*

Dennoch hatte Harker den Eindruck, jede Schweißnaht, jede Niete, jede Schraube knirschen zu hören.

Eindrucksvoller hätte das Schiff nicht unterstreichen können, daß es auf seine letzte große Fahrt gegangen war.

Dem rein visuellen Empfinden nach stand der Raumer sogar still. Die Geschwindigkeit, selbst wenn sie bis auf die *Hälfte* der Lichtgeschwindigkeit beschleunigt worden wäre – was illusorisch war – reichte nicht aus, um das Bild der Sterne zu bewegen.

Harker versuchte nicht daran zu denken, daß der bevorstehende Sprung im Hyperraum enden konnte.

Solange ein Funke Hoffnung bestand, wollte er an ein Happy-End glauben. Letztlich war er es der Mannschaft schuldig.

Er fühlte den Blick von mehr als einem Augenpaar auf sich lasten.

»Kilroy?«

»Mein Baby schnurrt«, meldete der Chief über Bordsprech. »Aber es mußte sich auch noch nicht sonderlich anstrengen.«

»Reden Sie ihm weiter gut zu.«

»Yessir!«

Harker blickte auf die Statuseinblendungen innerhalb des Hauptschirms.

Noch wenige Sekunden bis zum Erreichen der Sprunggeschwindigkeit.

Diese Sekunden verrannen.

Die Koordinaten der Gigantstation waren im Kursrechner; über diese vergleichsweise geringe Distanz waren keine großen Fehltoleranzen zu erwarten. Die SARATOGA würde in wenigen hunderttausend Kilometern Entfernung vom Würfel aus dem Hyperraum brechen.

Und *zer*brechen?

Harker hörte endgültig auf, sich Gedanken über ein neuerliches Desaster zu machen.

Er löste die Transition eigenhändig über sein Kommandopult aus.

Im selben Moment bewegten sich die Sterne nicht nur, sie schienen die SARATOGA regelrecht und diesmal endgültig zu *verschlingen.*

*

Zur gleichen Zeit

Vonnock, der Krieger:

Wie eigentlich hatten die Q-Kriege begonnen? Wann und wo genau?

Vonnock wußte es nicht. Die Anfänge lagen im Dunkel. Vielleicht wußte es kein heute lebender Fanjuur mehr, nicht einmal die Angehörigen des Herrscherhauses. Dennoch hatte er eine sehr klare Vorstellung davon, was ein Q *war*. Und das genügte ihm. Um alles zu geben. Restlos alles.

Q stand für Qoorn. Und Qoorn, dahinter verbarg sich die wahrscheinlich heimtückischste Gefahr, der sich eine fortschrittliche Zivilisation je ausgesetzt gesehen hatte.

Wurmartige Monstren.

Intelligente Parasiten!

Und dies hier war, wenn sich die Spionagesonden nicht geirrt hatten, *ihre* Welt – irgendwo am Rand der Großen Insel gelegen, in die auch Vonnocks Heimat eingebettet war, viele Lichtfäden von hier entfernt.

Aber nicht fern genug. Beileibe nicht genug.

Die Sterne der Großen Insel waren die Feuer, welche von den Dargh-Göttern einst entfacht wurden, nachdem sie das Urmeer geformt und sich in ihre für Sterbliche unzugängliche Sphäre zurückgezogen hatten.

Die meisten Feuerbälle besaßen Trabanten, von denen wiederum viele das Leben beheimateten, das die Dargh einst gesät hatten – eine Form fremder und faszinierender als die andere…

Vonnock spähte durch sein Visier. Der Nanoanzug kleidete ihn unsichtbar. Für den Feind draußen zwischen den Morastfeldern mochte – und sollte! – es aussehen, als sei Vonnock, von seinem Helm abgesehen, nackt und wehrlos.

Darauf basierte der Plan.

Es hatte Generationen gedauert, die Ursprungswelt der Qoorn ausfindig zu machen. Erst die neuentwickelten Sonden hatten den nicht mehr erwarteten Erfolg gebracht. Aber inzwischen lag das Reich darnieder, und nur noch ein Wunder konnte es vor dem völligen Untergang retten.

Vonnock wollte Teil dieses Wunders sein – seinen Beitrag leisten.

Eben erst war er mit den anderen vom Himmel dieser Pestwelt herabgeregnet. Ein einzelnes Schiff hatte die feindlichen Linien durchstoßen – unbemerkt, wie man hoffte – und sie ausgeschleust.

Die Nanoanzüge hatten vor den Unbilden des Weltraums, vor Kälte und Vakuum geschützt. Die Nanoanzüge hatten ihnen Luft zum Atmen gegeben und den zunächst freien Fall durch die dichte Atmosphäre sanft abgebremst. Andernfalls wäre Vonnock wie eine Sternschnuppe verglüht.

Die miteinander vernetzten Anzüge hatten die Schar der Fanjuur gleichmäßig über den Planeten verstreut. Vonnock war in der Nachtzone des sich langsam drehenden Himmelskörpers gelandet.

Weit und breit war kein weiterer Fanjuur sichtbar, die Entfernung zum nächsten war zu groß. Die Zahl der Teilnehmer an diesem Himmelfahrtskommando hatte nur gering ausfallen können…

Vonnock wußte nicht, mit welchem Namen die Qoorn ihre Welt selbst belegt hatten. Aber er wußte sicher, daß dies genau der *Pfuhl* war, der zu den Parasiten paßte. Häßlicher war keine Welt gewesen, auf die es ihn im Auftrag des Herrschers jemals verschlagen hatte.

Und es waren viele gewesen.

Vonnock galt als großer, beinahe konnte man sagen als besessener Krieger. Die Spezialeinheit, der er angehörte, lebte in einer pseudosymbiontischen Verbindung mit den Wunderanzügen der *Oks*, der Hohen Lehrer seines Volkes.

Die Oks waren es auch gewesen, die ihm seinen Geschlechtstrieb genommen hatten. Damit er sich ausschließlich auf sein Handwerk konzentrieren konnte.

Auf den Krieg.

Die Folgen wären fatal gewesen, hätte ihn plötzlich, wie jeden gemeinen Fanjuur, während eines Einsatzes der *Drang* überkommen. Die Sehnsucht, zu den Laichgründen aufzubrechen und dort zusammen mit einer ausgesuchten weiblichen Fanjuur Nachwuchs zu zeugen...

Vonnock hegte keinen Groll, weil die Oks ihn von diesem Trieb befreit hatten. Es war zum Wohl der Allgemeinheit geschehen. Außerdem vermißte er nichts, weil er nicht einmal ahnte, wie es sich auf sein Leben ausgewirkt hätte, wäre es noch Teil von ihm gewesen.

Die grellweiße Sonne war noch nicht am Horizont aufgegangen. Dennoch wurde es bereits hell. Das Licht schien aus dem Sumpfboden selbst herauszukriechen und wirkte auf Vonnock ebenso krank, wie die einheimische Qoorn-Lebensform es sein mußte, maß man sie an ihren Taten.

Vonnock kannte den Feind bislang nur aus Schulungsfilmen. Und vom Seziertisch.

Bei all seinen bisherigen Einsätzen hatte er selbst es noch nie mit einem ausgewachsenen Qoorn zu tun bekommen, immer nur mit ihren Opfern: Fanjuur, die von Wurmsporen verseucht und von der in ihnen heranwachsenden Brut *umgedreht* worden waren. Die Parasiten besaßen die Fähigkeit, die Gewalt über die Körper ihrer Opfer an sich zu reißen – auf Kosten der geistigen Gesundheit des jeweiligen Wirts.

So waren die Q-Kriege mit der Zeit auch zu Bruderkämpfen geworden. Fanjuur töteten andere Fanjuur. Kranke mordeten Gesunde – und die Gesunden, nun, die wußten sich längst nicht mehr anders zur Wehr zu setzen, als auch die Kranken zu beseitigen.

Um humanere Methoden zu erproben, war es zu spät. Die Seuche hielt das Reich längst im Würgegriff.

Vielleicht kam jetzt die Wende. Falls dies keine *Falle* war, in die die Qoorn seine Einheit gelockt hatten...

Vonnock lauschte in sich. Der Tod schreckte ihn nicht. Manchmal kam es ihm vor, als hätten die Oks ihm auch die Möglichkeit herausgeschnitten, normale, kreatürliche Angst zu empfinden.

Er beobachtete.

Für einen heimlichen Betrachter mußte es den Anschein haben, daß er auf dem morastigen Grund *stand.* Tatsächlich stützte ihn jedoch die künstliche Antischwerkraft, die der Nanoanzug erzeugte. Vonnock wußte, daß schon blindes Vertrauen in die Tragfähigkeit des Bodens das Verhängnis hätte besiegeln können.

Traue niemandem, rief sich Vonnock die Lehrsätze seiner Ausbildung in Erinnerung. *Bleibe wachsam, selbst unter vermeintlichen Freunden.*

Die Qoorn waren nicht einmal *vermeintlich* Freunde.

Wir werden sie ausmerzen, dachte Vonnock kalt. *Wir werden tun, was nötig ist, damit diese Sterneninsel wieder aufatmen kann!*

Es war, als versuchte er sich selbst von der Machbarkeit seiner Aufgabe zu überzeugen.

Ein schlechtes Zeichen.

Er verkrampfte.

Fast gleichzeitig fing der Anzug ein Geräusch auf, das nicht vom sachten Wind, nicht von den sich mit leisem Knall entladenden Sumpfgasen zu rühren schien, kurzum *keinen natürlichen Ursprung hatte.*

Vonnock widmete sich den unentwegten Einblendungen des *Nanosymposiums*, das quasi als Gehirn des Anzugs fungierte und im entferntesten Sinn mit einem Hochleistungsrechner vergleichbar war. Schrift und Zahlen schoben sich zwischen Landschaft und Auge, ohne das Blickfeld einzuengen. Der Anzug bedeckte unsichtbar Vonnocks Körper, mikroskopisch kleine Elemente. Die normale Sehkraft wurde von speziellen Verstärkermodulen potenziert. Ganz nach Bedarf konnte Vonnock Bereiche seiner Umgebung heranzoomen oder von sich »wegrücken«. Er konnte restlichtverstärkende Energielinsen aktivieren oder vollständig auf Infrarot- oder Ultraschallsichtweise umschalten.

Er konnte seine Umgebung *scannen*, als säße er vor den Kontrollen eines Raumschiffs und könnte dessen Instrumentarium nach Belieben ausschöpfen.

Momentan begnügte er sich noch mit einem Rundumblick über nach außen projizierte künstliche Netzhauterweiterungen.

Zunächst sah er dabei nichts Verdächtiges.

Die Landschaft dehnte sich ebenmäßig bis zum Horizont. Es gab keinen Hügel, geschweige denn mächtigere Erhebungen. Es gab keine Wälder, keine Wiesen, keine Flußläufe und keine Siedlungen. Nichts, was auf intelligente Bewohner hingewiesen hätte, die längst die Grenzen ihrer eigenen Welt gesprengt hatten und in andere Bereiche des Kosmos vorgedrungen waren.

Alles, was Vonnock sah, strafte die Resultate der Sonden Lügen…

Woher kam das Geräusch?

Wonach klang es überhaupt?

Vonnock überlegte, ob er Kontakt zu den anderen Fanjuur herstellen sollte, die mit ihm unter diesem abscheulichen Himmel gelandet waren.

Die Sonne stand immer noch nicht am Horizont. Nur ein schwacher Glanz erhellte den Punkt, an dem sie aufsteigen würde.

Vonnock fragte sich, ob er ihren Aufgang noch erleben würde.

Plötzlich schien seine Haut hart zu werden, sein Körper an Geschmeidigkeit zu verlieren. Er atmete schneller. Die Nanofilter in seiner Lunge absorbierten mögliche Schadstoffe, mit denen die Atmosphäre angereichert war. Dennoch hatte er das Gefühl, weniger Sauerstoff als nötig zu erhalten. Winzige schwarze Punkte tanzten vor seinen Augen.

Es gab sie wirklich – nicht nur als Reflexe auf seiner Netzhaut, wie Vonnock kurz darauf feststellte.

Und es wurden immer mehr.

Sie erhoben sich wie Schwärme von Insekten aus den umliegenden Morastfeldern, und das Geräusch, das ihn alarmiert hatte, schien mit ihrem Flügelschlag zusammenzuhängen.

Andererseits zeigte eine augenblickliche Teleuntersuchung des Phänomens, daß sie gar keine Flügel besaßen.

Es blieben Punkte, auch in der Nahsicht. Aber sie folgten in ihren Bewegungen nicht einfach nur den Launen des Windes. Sie schwebten *kontrolliert.*

Noch empfand Vonnock das Phänomen nicht als so bedrohlich, daß er sich im Zugzwang sah. Aber er hätte gelogen, wenn er behauptet hätte, daß es ihn nicht beunruhigte.

Er führte eine Reihe von Fernuntersuchungen durch, erzielte jedoch keine brauchbaren Resultate.

Der Schwarm – eigentlich waren es mehrere, die sich aber nie überlappten, nie miteinander vermengten – hatte ihn längst von allen Seiten umschlossen, hielt aber noch Abstand. Zum ersten der Punkte, zum ersten der Pixel, war es in etwa so weit wie Vonnock in der Höhe maß.

Beunruhigend nah also.

Das schien auch der Anzug so zu empfinden, denn er generierte einen Schild aus flirrender Energie. Offenbar war das systemübergeordnete Nanohirn von sich aus zur Überzeugung gelangt, daß die Schwärme eine mögliche Gefahr darstellten.

Vonnock atmete tief durch. Seine Membranen flatterten. Er fragte sich, wie es den anderen ergehen mochte. Wie die Orte aussahen, an denen *sie* gelandet waren.

Vor allen Dingen aber fragte er sich, *wo sich hier Qoorn verstekken sollten.*

Der Planet erweckte den Anschein einer technologiefreien Zone. Die anzuginternen Instrumente maßen keinerlei energetische oder sonstwie gearteten Aktivitäten an, die auf eine hochentwickelte

Kultur hindeuteten.

Dabei hatte das Schiff, mit dem sie gekommen waren, ein ganz anderes Bild der Oberfläche wiedergegeben. Genau wie die Spionagesonden, die Fahrzeuge der Qoorn mehrfach zu dieser Welt hatten zurückkehren sehen.

Die Daten des Schiffes waren in sämtliche Nanoanzüge der Kampfeinheit geflossen. Vonnock hatte den Planeten vom All aus *gesehen* – und er hatte sich völlig anders dargeboten als jetzt: *überwuchert* regelrecht von absonderlichen Bauwerken.

Qoorn-Architektur.

Ein Anblick, wie man ihn erwartet hatte...

Wohin war all dies verschwunden?

Wir sind getäuscht worden.

Immer mehr kristallisierte sich die Erkenntnis in Vonnock heraus. Sie war so niederschmetternd, daß er sich – umringt von im Morgengrau matt glänzenden Partikeln unbekannter Natur – dazu entschloß, Kontakt zu den anderen herzustellen. Sie waren ohnehin entdeckt, dessen war er sicher.

Ich rufe, formulierte er Gedanken in jener spezifischen Weise, daß das Nanohirn sich veranlaßt sah, sie über die vereinbarte Frequenz auszustreuen, *das Korps. Ich habe hier ein...*

Das Wort *Problem* blieb unausgesprochen.

Weil der Anzug meldete, daß das Netzwerk zusammengebrochen war und augenblicklich keine Verbindung zu den anderen Fanjuur auf diesem Planeten bestand.

Aber die Gedankenkette wäre vermutlich ohnehin abgebrochen, denn in diesem Augenblick veränderte sich die Situation, in der sich Vonnock befand, gravierend.

Wie auf ein geheimes Signal hin stürzten sich sämtliche Schwärme zugleich auf den Krieger.

Von unbekannter Kraft bewegt, warfen sich die unzähligen Partikel gleichzeitig gegen den Energieschild, der Vonnocks Körper schützte.

Schützen sollte.

Vonnock fand sich inmitten gespenstisch irrlichternder Entladungen.

Um ihn herum tobte ein Gewitter von unvorstellbarer Stärke, das – soviel stand für ihn außer Frage – sich aber ausschließlich um die Schildkontur herum entlud!

Warnung, meldete das Nanohirn. Schilde kollabieren. Zusammenbruch in weniger als…

Vonnock riß die Arme empor.

Eine sinnlose Geste. Aber in diesem Moment brach der Schild bereits zusammen, und die Pixel, die nicht in der Feldenergie verglüht waren – sie schienen nicht erkennbar dezimiert worden zu sein – bildeten für einen saugenden Atemzug lang eine Art feste schwarze Kruste um ihn herum.

Eine Schale, die kurz darauf zerbarst und sich in verhängnisvoll funkelnde Splitter auflöste, die nichts Eiligeres zu tun hatten, als sich auf das eigentliche Ziel ihres Angriffs zu stürzen.

Vonnock spürte jeden einzelnen der furchtbaren Einschläge.

Und da begriff er, wozu die Partikel da waren. *Was* sie waren.

Die Qoorn kannten ihren Gegner noch viel besser als geglaubt. Diese seltsamen Punkte waren ihre Antwort auf die Nanowaffen der Fanjuur…

… Nano-*Gegenwaffen*.

Winzige Geschosse, die nur einen Sinn und Zweck hatten: Die mikroskopisch kleinen Elemente der Anzüge zu treffen und zu zerstören!

Und diese Aufgabe erfüllten sie perfekt.

Vonnock wurde von den detonierenden Nanomodulen in Stücke gerissen.

2.

Exspect

Die SARATOGA rematerialisierte in 134.232 Kilometern Entfernung vom Kubus.

Nachdem der Entzerrungsschmerz abgeklungen war, klang Jubel auf. Die Männer und Frauen der Besatzung tanzten und brüllten wild durcheinander wie ausgelassene Kinder.

Oder Delinquenten, die dem Tod noch einmal von der Schippe gesprungen waren.

Kurtwood Harker starrte auf den Würfel, den die Kurzstrecken-Optik plastisch und überwältigend aus dem samtenen Hintergrund des Alls herauslöste und auf den Hauptschirm projizierte.

Die riesige Station füllte den gesamten Monitor aus.

»O mein Gott…«

Dieser und andere Seufzer lösten nach und nach den Jubel ab.

»Das war Präzisionsarbeit, Chief«, lobte Harker.

»In der Tat, Sir«, antwortete der Chief. »Ich stehe hier gerade vor den traurigen Überresten meines Babys. Befehlen Sie bei Gelegenheit eine Gedenkminute, Sir. Es hat sie verdient.«

Harker lächelte grimmig und wandte sich dann wieder dem schaurig-schönen Anblick zu, der sich ihnen da draußen im All bot.

»Unitall, kein Zweifel mehr«, meldete Boulder. »Und Anzeichen von Tofirit.«

»Tofirit?«

»Wenn ich es sage.«

Trotz Würfelform erinnerte das über zweihunderttausend Kubikkilometer Raum fassende Gebilde wegen seiner »Stachelauswüchse« stark an eine Kastanie.

»Diese spitzen Türme«, wandte sich Harker an seinen Ersten. »Sind das Antennen?«

»Sieht ganz danach aus, Sir.«

»Aktiv?«

»Moment...« Boulder inspizierte die Instrumente. »Inaktiv.«

»Sonst irgend etwas Bemerkenswertes, woraus wir ableiten könnten, daß dieses Ding nicht völlig tot ist?«

»Bis jetzt, nein. Aber... Moment, da tut sich etwas. Es...«

Ein Warnton schrillte durch die Brücke.

Harker fühlte sich davon bis ins Mark berührt. »Boulder?«

»Aktivität!«

»Aktivität?«

»Die... Antennen!«

Die Objektwiedergabe auf dem Hauptschirm hatte sich verändert. Der Würfel selbst lag immer noch blauviolett schimmernd vor ihnen. Aber die Spitzen einiger – nicht aller – Türme waren jetzt von gespenstischem Schein umgeben. Türkisfarben.

Dieser Vorgang betraf nur die mit mehreren hundert Meter Länge kleineren Türme; die höchsten, die bis zu dreizehn Kilometer erreichten, waren davon nicht betroffen.

»Schilde?« fragte Harker.

Auch daran war in den vergangenen Stunden mit Hochdruck gearbeitet worden. Immerhin hatte man mit Feindseligkeiten rechnen müssen.

»Schilde aktiviert!«

Die Sicht auf die gigantische Station wurde davon nur unwesentlich beeinträchtigt.

»Wenn das *Geschütz*antennen sind, helfen uns die besten Schutzschirme nicht mehr«, unkte irgend jemand von irgendwoher.

Harker machte sich nicht die Mühe, die Person ausfindig zu machen.

Plötzlich schien sich der Raum um die SARATOGA herum zu verzerren.

»Das ist keine direkte Attacke«, murmelte Harker, »aber was dann...? – Henderson?«

Der Ortungsoffizier nickte. Er wußte, was von ihm erwartet wurde, zog sämtliche Register, um das Geschehen um den Kreuzer herum zu bestimmen.

Harker, der ihn nicht aus den Augen ließ, sah plötzlich, wie die Lippen des breitschultrigen Mannes zu zittern begannen und Schweiß auf seine Stirn trat.

»Reden Sie! *Was ist?«*

Der Warnton, vom Suprasensor initiiert verstärkte sich.

Henderson gab sich einen Ruck und rief: »Exspect, Sir! Wir befinden uns seit wenigen Sekunden mitten im... Exspect!«

Harker verkrampfte kurz, dann nickte er Boulder in bezeichnender Weise zu. Der Erste verstand. *Ablösen!* bedeutete der wortlose Befehl. *Diesen Verrückten sofort ablösen!*

Boulder huschte zur Ortung, zerrte Henderson regelrecht aus dem Sitz. Der Untergebene ließ es widerstandslos mit sich geschehen. Verwirrt sah er zu, wie Boulder seinen Platz einnahm, sich über die Kontrollen beugte und die Systeme checkte.

Als Boulder kurz darauf die Wahrnehmung des Offiziers bestätigte, lachte Henderson hysterisch auf.

»Er ist nicht übergeschnappt, Commander«, meldete Boulder gepreßt. »Wir *treiben* im Exspect. Rufen Sie Kilroy. Wir brauchen den Status der Maschinen! Sofort! Der Bordrechner hat nicht aus Jux und Tollerei Alarm geschlagen. Ich fürchte...«

Harker wußte längst, was sein Erster fürchtete.

Die Wirkung des Exspect war ihm bekannt.

Jeder Raumfahrer, der etwas auf sich hielt, wußte über die Verhältnisse im Leerraum zwischen den Galaxien Bescheid.

Im Leerraum zwischen den Galaxien... *Dort sind wir aber nicht,* geisterte es hilflos durch sein Hirn, das ihm seltsam betäubt vorkam, wie mit Watte eingepackt. Oder als gäbe es das Exspect auch in seinem *Kopf*.

Der Begriff »Exspect« stand für eine Zone energetischen Vakuums, wie sie bislang nur tief im Leerraum zwischen den Sterneninseln beobachtet worden war. Als die Nogk nach Andromeda hatten auswandern wollen, waren ihre Schiffe vom Exspect gestoppt worden. Transitierte ein Raumer zu tief ins Exspect hinein, war er rettungslos verloren. Es gab kein Entkommen mehr von dort, weil eine neuerliche Aktivierung des Hypersprungantriebs dessen völlige Zerstörung bedeutet hätte. Das spezielle Vakuum sog jegliche Energie in sich auf. Einzig die Ringraumer der Mysterious, von denen etliche mittlerweile in die Terranische Flotte integriert waren, konnten einen begrenzten Vorstoß ins Exspect wagen, ohne fürchten zu müssen, daß ihnen der Rückweg für alle Zeiten versperrt war. Aber Ringraumer verfügten neben der Transitionstechnik auch über einen Antrieb, der es ihnen ermöglichte, überlichtschnell zu fliegen, ohne das Normalkontinuum zu verlassen. Sie hüllten sich zu diesem Zweck in künstliche Kontinua, Intervallfeld genannt.

Im Grunde änderte sich durch das Aufkommen des Exspects, das zweifellos künstlicher Natur war, nichts für die SARATOGA. Ihr Sprungtriebwerk war ohnehin ausgebrannt, ihr Hyperfunk defekt.

Es bewies allerdings eines, und Harker sprach es aus: »Da kennt jemand unsere Situation noch nicht – will aber schon mal sicherstellen, daß wir nicht mehr von hier wegkommen.« Er wandte sich an den Funker, der unverdrossen an seinem Platz saß, obwohl er nicht wirklich etwas zu tun bekam.

Was sich nun änderte.

»Senden Sie eine Grußbotschaft auf Normalfrequenz – die funktioniert doch noch, oder?«

»UKW und Kurzwelle«, kam die Bestätigung. »Was soll ich senden?«

Im Archiv des Bordrechners existierte eine Formel im Mysterious-Idiom, die an alle Einheiten der TF verteilt worden war – für den Fall der Fälle. Harker rief sie auf.

»Raus damit!«

»Hoffentlich ist das klug«, warf Boulder ein. Er hatte Henderson wieder seinen Platz überlassen und war neben den Kommandanten getreten.

»Was bereitet Ihnen daran Sorgen?«

»Dies ist kein M-Schiff. Kein Ringraumer. Die Station ist aber zweifellos ein Produkt der Mysterious.«

»Bis jetzt wurde noch nicht auf uns gefeuert, obwohl wir sicher sein dürfen, daß man die Möglichkeit dazu hätte. Ich kann aus einer Begrüßung in *verständlicher* Sprache keine Nachteile für uns ableiten.«

Boulder zuckte mit den Achseln.

»Spruch ist raus, Sir!« meldete der Funker.

Harker widmete seine Aufmerksamkeit wieder dem Hauptschirm. Die Spitzen der Türme, die offenbar für die Erzeugung eines Exspect-ähnlichen Energievakuums rund um den Kubus verantwortlich waren, waren unverändert von energetischen Aureolen umgeben.

»Gibt es eine Möglichkeit zu bestimmen, wie weit die Zone in den Raum hinausgreift?«

Die Ortung meldete: »Einige Lichttage, Sir!«

»Womit diese Waffe ihren Zweck bestens erfüllt«, kommentierte Harker anerkennend. »Die Mysterious wußten auch in dieser Hinsicht, was sie taten. Ein paar Lichttage genügen vollkommen, zieht man in Betracht, daß dies nur die Fluchtverhinderungswaffe ist. Ich will gar nicht wissen, wie groß die Flotte ist, die in den verborgenen Hangars dieser Station untergebracht ist oder es einst war…«

»Das sind pure Spekulationen«, warf Boulder erneut ein.

»Aber nicht sehr hochgegriffen, oder?«

Der Erste Offizier der SARATOGA schwieg mit zusammengekniffenen Lippen.

Und Harker dachte kurz an seine Familie. Die in noch weitere

Ferne entrückt war.

»Keine Antwort auf Dauerspruch, Sir«, wurde er aus den wehmütigen Gedanken gerissen.

Fast gleichzeitig schrie Henderson mit gequälter Stimme, als fürchtete er, schon wieder für verrückt erklärt zu werden: »Da – geschieht etwas, Commander...!«

»Waffen?« schnarrte Harker zurück.

»Ich rede nicht von der Station«, stellte Henderson richtig. »Da kommt etwas direkt auf uns zu...!«

»Auf den Schirm damit!«

»Ich versuche es...«

Unverändert hing der dornengespickte gigantische Würfel vor ihnen.

Ein Koloß, bedrohlich und erdrückend, selbst über die Entfernung von ein paar tausend Kilometern hinweg. Harker glaubte sein Gewicht zu *fühlen*. Es engte ihm die Kehle, drückte ihm auf die Brust. Aber noch mehr strangulierte ihn das, was die Ortung jetzt auf den Hauptschirm legte: Etwas, was im normaloptischen Bereich unsichtbar blieb, aber im Hyperscan...

... grauenvoll aussah!

»Strahlung!« stöhnte Boulder.

Wie eine gigantische Sturmflut rollte sie auf sie zu. Obwohl der genaue Standort der SARATOGA noch nicht hatte ermittelt werden können, schien das Phänomen aus dem Zentrum der Milchstraße hervorzubrechen.

»Was, zur Hölle, *ist* das?«

Noch bevor jemand den Mund auftun konnte, um vielleicht nur darauf antworten zu wollen, war es da. Es... die gespenstische Flut, die alles Denken, alles Bewußtsein an Bord mit einem Schlag in einem blendend hellen Blitz erstickte.

*

Zur gleichen Zeit

Vonnock, der Gefangene:

Wo bin ich?

Vonnocks Rückkehr ins Bewußtsein war eine Rückkehr ins Licht.

Absonderliches Licht.

Wo bin ich? Ich dachte, ich wäre...

Der Gedanke brach ab, wie von einer scharfen Klinge durchtrennt.

Die Ebene der Dargh!

Er war gestorben, heldenhaft gefallen auf der Heimatwelt der Qoorn. Sein Nanoanzug war explodiert und hatte den Träger mit ins Verderben gerissen...

Vonnock schüttelte sich.

Er versuchte, die Reste eines Traumes abzuschütteln, in dem er als alter Mann in seinem Sterbebecken gelegen hatte und...

Und *was*...?

Er erinnerte sich nicht mehr.

War der Übergang von der Ebene der Lebenden auf die Ebene der Toten und Götter mit Halluzinationen verbunden?

»Der Tod wäre eine Gnade für dich«, sagte der Qoorn. Er stand drei Schritte von Vonnock entfernt. Und las seine Gedanken.

Vonnock schrak zusammen.

Er begriff.

»Bin ich euer Gefangener?«

»Wir machen keine Gefangenen.«

»Warum lebe ich dann noch?«

»Um zu leiden.«

Die Stimme des Qoorn materialisierte zwischen Vonnocks eigenen Gedanken, grenzte sich aber klar davon ab und war deshalb sehr verständlich.

Die Qoorn waren Telepathen.

Aber der Nanoanzug hatte doch Schutz vor ihren Fähigkeiten

verleihen sollen.

Der Nanoanzug ist zerstört, du Narr!

Vonnock starrte an sich herab. Er lag in einem sonderbaren Gespinst von Fäden, das ihn trug. Die Fäden leuchteten silbern wie die Schuppen seines Körpers. Ihre Enden verschwanden *zwischen* den Schuppen. In seinem Körper.

Er erzitterte.

Der Nanoanzug kleidete unsichtbar. Aber er hätte, wäre er noch da oder zumindest intakt gewesen, auf seine Gedankenbefehle reagieren müssen.

Dergleichen war nicht zu erkennen.

»Ihr habt Fortschritte gemacht«, sagte der Qoorn in seinem Kopf. »Aber eure Technik ist der unseren noch immer unterlegen. Wie hattet ihr etwas anderes glauben können?«

»Wo bin ich?« fragte Vonnock ebenso stumm zurück, wie das wurmartige Monstrum auf ihn einredete.

»Wohin wolltest du? Du und deine Artgenossen, die meinten, sich heimlich einschleichen zu können?«

»Auf eure Heimatwelt.«

»Ihr habt sie gefunden.«

»Das glaube ich nicht.«

»Eure Sonden haben euch doch den Weg gewiesen.«

»Ihr habt sie getäuscht.«

»Wir haben *euch* getäuscht«, erklärte der Qoorn.

Hätte Vonnock aufrecht gestanden, hätte der Q ihm höchstens bis zur Körpermitte gereicht. Liegend überragte ihn das wie ein monströser Wurm geformte Wesen jedoch – und es schien es zu genießen.

»Inwiefern?«

»Die Täuschung begann auf unserer Welt. Du und die anderen, die wir noch holen und genauso behandeln werden wie dich – ihr wähntet euch auf einer verlassenen Welt. Von Zivilisation, wie ihr sie kennt, fandet ihr keine Spur.«

»Die Welt, von der du redest, ist ein einziger Sumpf. – Lebt ihr *unter* der Oberfläche? Befinden sich eure Bauten *in* dem Morast?«

»Früher war es so. Als wir noch primitiv lebten wie ihr. Inzwischen leben wir in der idealsten aller Welten. Dort, wo ihr uns niemals finden werdet, niemals *besiegen* könnt.«

»Wo sollte das sein?«

Der Qoorn wiegte seinen in Ringe unterteilten Oberkörper hin und her. Er besaß keine Augen. Nur Härchen, über den gesamten Körper verteilt, die sacht in einem unfühlbaren Wind zitterten. Im oberen Drittel seines Körpers wuchsen Extremitäten heraus, die wie verkrüppelte Arme aussahen und in dreifingrigen Händen endeten. Die Finger liefen in haarfeinen Tentakeln aus. Der bleiche Leib des Qoorn war von Venen durchlaufen, in denen blauschimmernd Blut zirkulierte. Außerdem trug er eine Art Gürtel, der aschgrau und aus unbekanntem Material war.

Würmer besaßen keine Knochen. Wie der Qoorn es dennoch schaffte, aufrecht zu *stehen*, blieb unklar. Vielleicht war seine Muskulatur enorm ausgeprägt. Noch nie war ein Q den Fanjuur in die Hände gefallen, wodurch sie seine Anatomie hätten erforschen können.

Momentan sah es aus, als sollte dies auch nie gelingen.

»Wo das sein soll? Warum solltest du es nicht erfahren. Niemand, der zu uns kommt, niemand, den wir zu uns *holen*, wird unseren Lebensraum je wieder verlassen. – Wir haben uns in einen Kosmos zurückgezogen, der dort existiert, wo auch dein Kosmos ist. Er ist in ihn eingebettet. Unsichtbar wie die Maschinen, die wir entwickelten. Es war uns bestimmt, in den Nanobereich vorzustoßen. Die Natur hat uns mit Werkzeugen ausgestattet, die filigranste Arbeit verrichten können...« Er hob seine Stummelärmchen. Die Fäden, in denen seine Finger endeten, richteten sich geisterhaft vor Vonnocks Augen auf, krümmten und wanden sich und demonstrierten, daß sie beliebig kontrollierbar waren, nicht einfach nur Anhängsel.

»Willst du damit sagen, ich befinde mich auch in der Welt, die du eben geschildert hast?«

»So ist es.«

Vonnock verschloß seinen Verstand gegen das auf ihn einstürmende Grauen.

»Wenn ihr im Nanobereich lebt – warum führt ihr dann noch Kriege in dem Kontinuum, aus dem ihr euch zurückgezogen habt? Warum bekämpft ihr uns? Wir haben euch nie Anlaß gegeben, uns zu hassen. Wir lebten in Frieden – bis ihr eines Tages unsere Laichwelt überfallen habt!«

Der Qoorn berührte Vonnock mit einem seiner Fadenenden an der Stirn. Vonnock zuckte zusammen. Er hatte das Gefühl, mit Säure in Kontakt gekommen zu sein. Plötzlich fiel ihm die Ähnlichkeit der Q-»Finger« und der Fäden auf, von denen er getragen wurde.

»Welchen Anlaß haben Viren, um Lebewesen zu befallen, sich in ihnen einzunisten und sie zu vernichten?«

»Du setzt dich selbst mit Ungeziefer gleich?«

»Im Gegenteil: Wir verstehen uns als die Gesundheitspolizei des Kosmos. Wir töten, was den Kosmos in Gefahr bringt – auf den wir, zurückgezogen und verborgen, immer noch angewiesen sind.«

»Du redest Unsinn. Wir Fanjuur haben nie das Universum in Gefahr gebracht. Nicht einmal diese Sterneninsel mit ihren zahllosen Welten.«

»Du hast recht: Weil wir es soweit gar nicht erst kommen lassen. Wir haben euch studiert, bevor wir den Beschluß faßten, euch zu dezimieren. Eure Art birgt das Potential in sich, zur Gefahr zu werden. Wir werden euch jedoch nicht vernichten. Nur... unschädlich machen.«

»Was verstehst du darunter?«

»Wir haben erlebt, wie rasch ihr neue Technologien übernehmen und verstehen lernt. Wir haben es mit angesehen, eine Weile, weil es der letzte Beweis dafür war, *daß* ihr als Gefahr eingedämmt werden müßt. Wir rotten euch nicht aus, das war nie unser Ziel...«

»Sondern?«

»Wir gestalten euch neu. So daß ihr keine Gefahr mehr darstellen werdet – auch in ferner Zukunft nicht.«

Wir gestalten euch neu...

Der Satz hallte wieder und wieder durch Vonnocks Hirn. Er zerrte an seinen Fesseln. Der Schmerz, den er sich dadurch selbst zufügte, ging so tief, daß er eine Ahnung davon erhielt, wie tief sich die silbermetallisch glänzenden Fadenenden in ihn gebohrt hatten.

»Das ist Wahnsinn. Was denkt ihr, uns antun zu müssen unter dem Deckmäntelchen einer fragwürdigen Ethik?!«

»Ich dachte, du hättest es begriffen: Wir ändern eure Gene. Nicht dramatisch. Nur soweit, daß eure Intelligenz künftig gemäßigter ausfällt. Eure Wissenschaftler, die Oks, werden weiter forschen und den Gipfel eurer Kultur verkörpern dürfen – aber sie werden nie mehr über einen bestimmten Wissenszenit hinaus gelangen.«

»Aber ihr – habt uns den totalen Krieg erklärt! Ihr...«

»Wir haben uns lediglich eurer Sprache bedient. Dem, was *ihr* versteht. Das Kriegerische ist tief in euch verwurzelt, evolutionsbedingt, nicht in *uns*. Wir waren immer nur Denker.«

Vonnock wurde übel, wenn er an die Greuel dachte, die Qoorn unter den Fanjuur verübt hatten.

Denker.

Er wünschte sich eine Bombe, stark genug, um einen ganzen Planeten – ob im Mikrokosmos oder in der Realwelt – zu zerstäuben.

Er wünschte sich, selbst diese Bombe zu sein.

»Ihr seid Heuchler – die Dargh werden euch strafen!«

»Eure Götter existieren nicht.«

»Und eure?«

»Wir haben uns stets nur auf uns selbst verlassen.«

»Fast könnte man Mitleid mit euch bekommen.«

»Spare dir dein Mitleid für dich selbst auf. Du wirst es brauchen.«

»Was habt ihr vor?«

»Was wir in diesem Krieg immer taten. Wir benutzen einige von euch, um alle dorthin zu treiben, wohin wir euch haben wollen.«

»Was habt ihr vor?«

»Du wirst einer der Väter der *neuen* Fanjuur – der Fanjuur, die wir dulden können, weil sie schwach sind. Du wirst viele Kinder zeugen. Viele... *Nächste,* wie ihr sie nennt. Und sie werden unfähig sein, den hohen Standard zu halten, durch den sich eure Zivilisation schon jetzt auszeichnet. Die Folgegenerationen werden weiter degenerieren.«

Vonnock sah sich im Sterbebecken liegen. Die Decke war wieder ein Spiegel, der ihn in aller Erbärmlichkeit zeigte. T'Vonn stand über ihm. Der Q-Strahler lag in seiner Hand. Ich werde dich töten, dachte Vonnock. Ich werde die Schande tilgen, die du über unsere Familie gebracht hast. T'Vonns Züge zerflossen. Der Qoorn starrte Vonnock an. Der Qoorn, in dessen Gewalt er geraten war...

»Was geht hier vor?«

»Wovon redest du?«

»Die Halluzinationen, die du mir einflößt...«

»Ich tue nichts dergleichen.«

»Lüge!«

»Habe ich es nötig zu lügen?«

»Alles, was du bisher gesagt hast, ist Lüge: Was du über den Nanoraum als eure Heimat behauptest, den heuchlerischen Grund, weshalb ihr auf unsere Ausrottung hinarbeitet...«

»Du irrst. Und nun genug der Unterhaltung. Ich werde jetzt beginnen.«

»Womit?«

»Dein Sperma zu konditionieren. Danach schicken wir dich zurück zur Welt deiner Geburt. Nach Saatros.«

»Ich bin unfruchtbar. Die Oks...«

»Wir werden dich fruchtbar machen. Und dir danach eine neue Identität schenken. Eine falsche Erinnerung. Du wirst nach Saatros reisen und dir eine Gefährtin suchen, die nicht ahnt, woher du wirklich kommst. Eure *Nächsten* werden weiterführen, was wir in Gang setzten. Ihre *Nächsten* und wiederum deren *Nächste*... Schritt für Schritt werden sie den Rückschritt und das Vergessen über eure Zivilisation bringen.«

»Lieber sterbe ich!«

Der Wurm in seinem Kopf schien aufzulachen.

»Das, fürchte ich, lassen wir nicht zu.«

Scheinbar aus dem Nichts rückten weitere Qoorn auf Vonnock zu. Er war nicht in der Lage, sie voneinander zu unterscheiden. Einer sah wie der andere aus. Manche hielten Dinge in den Händen, deren Sinn und Zweck dem Fanjuur unbekannt war.

Es mußte mit dem zu tun haben, was der Q ihm angedroht hatte.

Fruchtbarkeit.

Das Werk der Oks würde ad absurdum geführt werden.

Tausend Emotionen bestürmten Vonnock.

Er wollte nicht schuld am Niedergang seines Volkes sein – nicht einmal ein klein wenig!

Er wollte eine Bombe sein.

Die Qoorn rückten näher. Ihre Fadenfinger züngelten durch die Luft. Die Drähte, die in seinem Körper verschwanden, bohrten sich noch tiefer.

»Wenn du so willst«, erklang die bereits vertraute Stimme des Qoorn in seinem Schädel, »bist du die erste *Makro*maschine, die wir zu euch entsenden. Unser Werkzeug, das nichts von seiner Bestimmung weiß, sie aber nichtsdestotrotz exakt erfüllen wird! Wenn es dir ein Trost ist: Du wirst nicht das letzte Makro sein, das wir in euer Fortpflanzungssystem einschleusen. Du bist ein Held, dessen Heldentat nie bekannt werden wird. Niemand wird je erfahren, daß du dein Volk gerettet hast. Du und die anderen, die dir folgen werden... gäbe es euch nicht, gäbe es nicht die Möglichkeit, die wir mit euch geschaffen haben, müßten wir euch tatsächlich mit Stumpf und Stiel ausrotten...«

Vonnock stöhnte gequält auf.

Er versuchte, den Nanoanzug zu aktivieren – obwohl ihm längst klar war, daß die Qoorn ihn entweder zerstört oder ausgezogen hatten.

Die Wurmartigen bewegten sich durch Kontraktion ihrer Körperringe auf ihn zu.

Plötzlich schienen sie doch Gesichter zu haben.

Schreckliche Fratzen.

Fäden, die Verlängerungen von Fingern waren, Extremitäten, die in der Lage waren, Wunderwerke der Technik zu kreieren, zuckten von allen Seiten auf Vonnock zu. Sie bohrten sich in den Unterleib des Fanjuur. Dort, wo schon die Oks gewütet hatten, um ihn von Trieben zu befreien, die einem Krieger bei der Verrichtung seines Handwerks nur hinderlich sein konnten.

Ich werde nie wieder Krieger sein.

Nur noch Erzeuger.

Ein Vater des Untergangs.

Ein...

In diesem Moment geschah es.

Das Szenario erlosch.

Die Qoorn verschwanden.

Alles wurde dunkel.

Schwarz.

Und dann, übergangslos...

... schier unerträglich *hell* wie ein das ganze Universum aufspaltender...

. . . *Blitz!*

3.

Erwachen

Wo bin ich?

Wo sind die Qoorn *geblieben?*

Und noch einmal, intensiver: *WO – BIN – ICH – HIER – ??*

Alles hatte sich verändert.

Alles.

Die Welt war blau.

Die Welt war *stählern.*

Und die Augen, durch die Vonnock sie sah – Augen? – legten sie ihm *nach allen Richtungen* zu Füßen…

Was ging hier vor?

Eine erneute Halluzination?

Lag er doch im Sterben? Hatten die Nanoschwärme ihn auf der Heimatwelt der Q doch in den Untergang gerissen, und dies waren die letzten Blitze, die sein erlöschendes Hirn erhellten?

Vonnock hatte immer noch das Nachgefühl eines superhellen Blitzes, in dessen Zentrum er gestanden hatte.

Aber rings um ihn herrschte Dunkel vor.

Ferne Lichter.

Sterne.

Er stand mitten im All. Über ihm, um ihn herum die Sterne…!

Was war passiert?

Instinktiv versuchte er, den Nanoanzug zu aktivieren.

Der Anzug reagierte. Ein Ausschnitt der Umgebung, den er probeweise anvisiert hatte, rückte im Vollzoom näher, wuchs zum gewaltigen Turm empor, dessen Spitze sich in der ewigen Nacht des

Weltraums verlor.

Vonnock atmete erleichtert durch.

Der Nanoanzug funktionierte.

Aber wo war er?

Was ging mit seinem Verstand vor? Das Gespräch mit dem Q. Er konnte es sich nicht nur eingebildet haben, und wenn *doch*, welche Konsequenzen ergaben sich daraus für ihn?

Er aktivierte das Kommunikationssystem des Anzugs.

Augenblicklich drangen Signale zu ihm vor.

Fremdartige und dennoch *vertraute* Signale.

»Hört mich jemand?« fragte er ins Nichts hinein.

Um ihn herum war Vakuum. War Eiseskälte.

Er versuchte, das Navsystem des Anzugs zu aktivieren. Die Außensensoren. Wollte sich ein komplettes Bild seiner Umgebung machen. Der Verhältnisse, die hier herrschten.

Seine Augen durchdrangen das Dunkel.

Aber der Anzug reagierte… ungewohnt.

Schleppend.

Anders.

Und überall Stahl. Stille. Rauhnacht.

Dann eine Bewegung. Unweit von Vonnock regte sich etwas.

Sofort nahm er den Punkt ins Visier.

Holte ihn heran. *Blähte* ihn zu einem Bild auf, das jedes Detail enthüllte…

… und das Vonnock dennoch nicht imstande war zu verstehen:

Eine Lache.

Rötlichzähe Flüssigkeit, wie hingeschüttet auf den blauvioletten Boden.

Brei, der sich bewegte. Den Wellen durchliefen. Auf dem sich Beulen abzeichneten. Aus dem kleine Ärmchen herausstiegen und wieder nach unten sanken…

Vonnock richtete sich auf. Er beschloß, die Pfütze aus der Nähe in Augenschein zu nehmen. Er war nicht mehr gefangen. Konnte sich frei bewegen.

(Wo bin ich?)

Über ihm die Sterne. Um ihn... noch mehr Bewegung. Noch mehr »Pfützen«. Metallisch matt im Glanz der Gestirne widerspiegelnd.

Spiegel.

Vonnock hielt inne. Unweit von ihm befand sich ein turmhoher Auswuchs, der nicht bläulich oder rötlich schimmerte, nicht aus Metall zu bestehen schien.

Seine Oberfläche sah aus wie Glas. Und auch darin war Bewegung.

Als Vonnock den wankenden Koloß erblickte, aktivierte er vorsorglich die Schilde des Nanoanzugs.

Obwohl er der Rundumsicht fähig war, wirbelte er herum, um den Giganten, der sich irgendwo hinter ihm bewegte, nicht mehr nur als Spiegelung in einer Fläche zu erkennen, sondern in natura.

Verblüfft stellte er fest, daß der Koloß nicht da war.

Nirgends.

Der Blick tauchte zurück in den Spiegel. Wo der Riese immer noch *war*. Tumb und unbeholfen stand er da, wie abwartend, als wäre er noch verwirrter als Vonnock – zumindest aber ebenso konsterniert.

Vonnock begriff, daß er sich geirrt hatte: Er schaute in keinen Spiegel, der Riese befand sich *hinter* der Scheibe.

Vergessen war die Pfütze. Die eigentümlich wabernde, wie von Wellen und Strudeln durchzogene Lache.

Vonnock stapfte auf das Bauwerk zu, das sich in der kosmischen Nacht verlor.

Der Koloß hinter dem Glas äffte ihn nach. Vollführte eine absurd aussehende Pantomime, als würde auch er losmarschieren.

Der Riese war ein lebloses Ding. Eine Maschine von hoher Gestalt, vollkommen aus Metall bestehend wie alles in dieser Umgebung, die Teil eines Traumes, Teil einer Halluzination sein mußte. Der Riese hatte zwei Beine, zwei Arme und einen Kopf. Aber kein Gesicht. Eine glatte Fläche der gesamte Schädel. Aber obwohl er keine Augen besaß, reagierte er auf Vonnock, schien ihn zu sehen.

Vonnock hob den Arm.

Winkte.

Der Koloß winkte zurück. Dabei sah es aus, als wollten sich seine Armenden verflüssigen, schmelzen, in Tropfen zu Boden regnen.

Was für ein merkwürdiger Traum.

Beinahe erschreckender als die Begegnung mit den Qoorn.

War das ihr Werk?

Unterzogen sie Vonnock einer Gehirnwäsche? War dies Teil ihrer Absicht, ihn zu konditionieren, zu präparieren und dann mit gefälschter Erinnerung nach Saatros zu entsenden...?

ICH WILL NICHT MEHR.

ICH WILL AUFWACHEN!

Nichts änderte sich. Gar nichts.

Er fühlte auch keinen Schmerz. Nur Verwirrung.

Plötzlich hörte er eine Stimme. Worte in sonderbarer Sprache. Nicht Fanjuur, nicht Qoorn sprach sie aus. Vonnock hatte das Gefühl, sie zu verstehen und doch nicht zu begreifen, was sie von ihm wollte.

War das der Wahnsinn?

Zerrüttete sein Geist vollends?

Würde er als lallender Irrer nach Saatros fliegen – oder würde er hier auf der Welt der Qoorn enden, sobald die Q erkannten, daß sie zu weit gegangen waren? Daß ihr Opfer dem Druck ihrer grausamen Experimente nicht standgehalten hatte?

AUF-HÖ-REN!

Der Koloß hinter der Scheibe riß die Arme hoch, als würde auch er von Qual zerfressen.

Vonnock taumelte auf ihn zu.

Aus dem Kommsystem des Nanoanzugs drangen immer lautere Stimmen.

»Umkehren!« schienen sie zu rufen. »Sofort umkehren! – Reparatur... Check der Systeme... Umkehren...!«

Vonnock erreichte den Turm. Und erkannte seinen Irrtum. Ohne es zu verstehen.

Keine Scheibe.

Doch ein – Spiegel…?

Die Fläche vor der er stand, spiegelte den Hintergrund, aus dem er gekommen war, wider: andere Türme, die immer hektischer brodelnden Pfützen, aus denen sich immer gewaltigere geometrische Formen herausbildeten, um ihre Stabilität rangen, wieder zurückfielen, neuen Anlauf nahmen…

Der Koloß war zum Greifen nah.

Rotmetallisch.

Gesichtslos.

Die Arme verzweifelt erhoben.

Auch Vonnock hatte die Arme nach oben gerissen. Der Alptraum nahm kein Ende. Kein Ende.

ICH WILL NICHT MEHR!

Nicht mehr Herr seiner Sinne, nicht mehr Herr seines Verstandes, senkte er den Schädel und stürmte auf den Koloß zu.

Prallte gegen… etwas. Das zersplitterte.

Und fand sich in einem mit fremdvertrauter Technik gefüllten Raum wieder.

Der Koloß war verschwunden.

Vonnock starrte an sich herab.

Auf seine rote Brust, seine roten Arme, Beine…

Die Stimmen in ihm wurden lauter und bündelten sich zu einer einzigen, die ihn noch klarer, noch bestimmter als zuvor aufforderte, sich in den Wartungsbereich zu begeben. Seine Systeme überprüfen und neu ordnen, neu justieren zu lassen.

Unverzüglich!

»Gehorche!« sagte die Stimme. »Der Sturm ist weitergezogen. Die INSTANZ hat keine Schäden davongetragen. Die INSTANZ garantiert die optimale Neukonfiguration. Begebt euch zu den Becken!«

Zu den Becken?

Für den Bruchteil eines Moments sah Vonnock sich wieder im Sterbebecken liegen, als alten, dahinsiechenden Fanjuur, über ihm die Sterne – die Sterne der Insel...

»Tötet mich – aber quält mich nicht länger!«

Vonnock hatte das Gefühl, sein Flehen laut hinauszubrüllen.

Aber ihm dämmerte, daß dies nicht möglich war. Er rappelte sich auf. Trat zurück in die Sternennacht. Aus dem Turm heraus. Überall erhoben sich die Kolosse.

Sie sahen aus wie... wie der Riese im Spiegel.

(Ich.)

Der rotschimmernde Riese, gegen den Vonnock angerannt war.

(Ich!)

Er wandte sich der Wand zu, in der das Loch gähnte, das er hineingebrochen hatte. Die verbliebene Fläche spiegelte die Wahrheit. Ein unbegreifliches Mysterium.

Eine Teufelei der Qoorn!

Und dazu passend klang erneut die befehlende Stimme der INSTANZ in ihm auf, die sich nicht *an* ihn wandte, aber *über* ihn sprach – was Vonnock mit dem sicheren Instinkt des gejagten Wildes realisierte: »Nehmt den übergeschnappten *Wächter* in Gewahrsam! Schafft ihn zu dem Becken...!«

Und von allen Seiten her näherten sich die Riesen.

Bedrohlich aussehende Roboter aus rotem Stahl.

Wächter...

... wie er...!?

*

Sein erster Impuls war: Flucht!

Aber es waren zu viele. Und sie hatten ihn längst umzingelt. Hier auf dieser Ebene aus Stahl. Im Schatten unbekannter Türme aus Metall. Wo es keine Atmosphäre gab. Keine Wärme. Nur Sterngefunkel und die ewige Kälte des Weltraums.

Allmählich sank die Hoffnung in Vonnock, das alles könnte nur ein Traum sein.

Ein Nebeneffekt der Dinge, die die Qoorn mit ihm anstellten.

Bei aller Fremdheit sah alles so *real* aus.

Selbst die Hülle, in der er steckte… *real!*

»Du wirst dich bald beruhigen. Wir werden alles tun, um die Brüche in dir zu kitten.«

Brüche?

»Wer spricht da?«

»Die INSTANZ.«

»Was ist *die INSTANZ*?«

»Nicht einmal das weißt du noch?«

»Wo bin ich?«

»Auf Erron 2.«

»Was *ist* Erron 2?«

»Die Bastion der Hohen.«

»Du lügst! Du bist ein Qoorn! Du willst mich in den Wahnsinn treiben! Ich…«

»Ich verstehe. Du mußt begreifen, daß dein Schlaf vorbei ist. Daß der Sturm dich aus deinen Träumen gerissen hat. Es steht kein Einsatz bevor. Ihr müßt euch nur einer Kontrolle unterziehen – wo es nötig ist, wie bei dir, der Reparatur.«

»Was redest du da?!«

»Du kannst nicht vergessen haben, wer du bist.«

»Ich bin Vonnock. Ein Fanjuur.«

»Falsch. Du bist *Vonnock der Wächter*, wenn auch momentan in desolatem Zustand.«

»Du lügst, Qoorn!«

»Ich bin die INSTANZ. Löse dich von deinen Träumen. Kehre in die Realität zurück. Ergib dich den anderen Wächtern. Laß dich zum Becken geleiten.«

»Ich will ja in die Realität zurückkehren – fort von hier!«

»Hier ist die Realität.«

»Erron 2, die Station der… Hohen?«

»Korrekt.«

»Ich weiß nicht, was für ein Spiel dies ist. Aber ich kenne keine Hohen. Ich kenne den Herrscher Paalok. Er ist die höchste Instanz meines Volkes, der Fanjuur. Wie die Hierarchie der *Qoorn* aussieht, weiß ich nicht. Niemand weiß das. Aber vielleicht kannst du es mir sagen.«

»Die Hohen haben nichts mit den Schimären deiner Träume zu tun.«

»Schimären?«

»Das, was du *Qoorn* nennst.«

»Oh, die sind real. Du bist real. Laß endlich die Maske fallen und gib dieses Theater auf!«

»Die Qoorn gibt es nicht mehr.«

»Wieder gelogen!«

»Reaktiviere deinen Erinnerungsspeicher. Versuche es zumindest, falls nicht der Sturm alle Daten gelöscht hat.«

»Von welchem Sturm redest du ständig?«

»Er kam aus dem Zentrum der Galaxis.«

»Weiter.«

»Für eine noch genau zu ermittelnde Zeitspanne stürzte er alles Leben in die Bewußtlosigkeit. Auch mich.«

»Du lebst?«

»Auf ähnliche Weise wie du. Wir sind beide... quasi unsterblich. Konserviert für die Ewigkeit. Hüter der Ordnung...«

»Du müßtest dich hören! Ich bin kein Roboter – ich bin ein Fanjuur! Was habt ihr mir *angetan*?«

»Du wurdest nach dem Zufallsprinzip ausgewählt. Es ist kein besonderes Privileg. Beinahe jedes intelligente Lebewesen eignet sich zur Beseelung eines Wächters.«

Vonnock hatte das Gefühl, den Boden unter den Füßen zu verlieren.

Metallischen Füßen.

Prothesen.

Wo war sein Körper?!

Er sprach die Frage aus. In Gedanken zumindest. Sein Dialogpartner schien nur verstehen zu können, was Vonnock ihm auch zudachte.

»Er ist wohlverwahrt«, antwortete die INSTANZ.

»Wo?«

»Am sichersten Ort, den es gibt. Alle Körper befinden sich im Depot.«

Vonnock war immer noch ganz schwindelig. Sein Verstand vermochte nicht zu fassen, was hier an Reizen und Erklärungen auf ihn einstürmte.

»Alle?«

»Eines jeden Wächters Hülle. Eines Tages erhaltet ihr sie zurück.«

Zum erstenmal war Vonnock, als speichere sein Kunstkörper die ihn umgebende Kälte. Als sei das metallene Fleisch *noch* kälter als der Weltraum.

Eines Tages...

»Es wird euer Lohn sein. Die Hohen haben es so bestimmt.«

»Dieser Tag wird nie kommen«, mutmaßte Vonnock. *»Verdammter Qoorn!«*

Eine Art resignierender Seufzer schien durch das Bewußtsein des Fanjuur zu wehen. Dann, schneidend kalt, hörte er den Befehl, der an die anderen erging, die ihn umstanden, innegehalten hatten, als hätten sie fasziniert dem merkwürdigen Gespräch zu folgen versucht: »Ins Becken mit ihm! Schnell! Er entgleitet...«

Entgleitet?

Vonnock sah seine Ebenbilder auf sich zukommen. Der Ring um ihn schloß sich. Einen Moment sah es aus, als würden die rotschimmernden, gesichtslosen Maschinen miteinander verschmelzen. Doch dem war nicht so.

Sie setzten sich in Marsch.

Vonnock war gezwungen, mit ihnen zu gehen – dabei wußte er nicht einmal, wie er es machte, daß der Robot, in dem er steckte, ihm gehorchte.

Der Robot, dessen Wahrnehmungsmöglichkeiten er anfangs mit

denen eines Nanoanzugs verwechselt hatte.

»Wohin bringt ihr mich?«

Schweigen.

Zum Becken, beantwortete sich Vonnock, getrieben von einer ganzen Gruppe Robots, die Frage selbst.

Erron 2.

Befand er sich wirklich auf einem Stahlgebilde, das Erron 2 genannt wurde?

Er spürte, daß er mehr als alles andere endlich Gewißheit darüber brauchte, ob er pausenlos halluzinierte als Folge der Qoorn-Manipulation, oder ob am Ende stimmte, was die INSTANZ ihm mitgeteilt hatte...

Was war schlimmer: das, was der Q ihm angedroht hatte – oder ein Siechtum in einem künstlichen Körper, den die INSTANZ als *Wächter* bezeichnete?

Wächter der Ordnung.

Vasall der Hohen.

Der Kordon aus Leibern hielt an. Auch Vonnock blieb stehen. Er konnte nirgendwo etwas entdecken, was einem Becken gleichgekommen wäre.

Dafür senkte sich der Boden plötzlich ab. Mit ihm und seinen Bewachern.

Ein Lift, begriff er.

Die Plattform fuhr in die Tiefe.

Vonnock hatte sich noch nie so hilflos gefühlt. Die anderen Roboter waren nicht das eigentliche Problem, nicht das, was ihn lähmte. Die Unwirklichkeit der Situation war es. Die Tatsache, daß alles, woran er glaubte und was ihm heilig war, in Zweifel gestellt wurde!

Wenn dies die Realität war – was war dann das, woran er sich erinnerte?

Er erinnerte sich nicht, ein Wächter zu sein.

Er erinnerte sich an sein Leben als... Fanjuur...

An diesem Punkt entglitt ihm die Gewißheit. Widersprüchlichkeiten wurden ihm bewußt. Er hatte nicht nur die Erinnerung an ein Leben, sondern an... *mehrere*...?

In seinem Erinnern war er immer Vonnock gewesen, aber einmal war er der Gesandte des Herrschers, am Beginn der Q-Kriege. Das andere Mal hatte er mit anderen Fanjuur in einer Eliteeinheit gegen die Qoorn gekämpft. Das dritte Mal als alter Fanjuur im Sterbebecken gelegen...

Dazwischen mußte mehr Zeit liegen, als ein Fanjuur *alt* wurde.

Aber immer war Paalok an der Macht gewesen.

Immer hatte Vonnock zentrale Positionen eingenommen.

War das der Beweis, daß er tatsächlich nur geträumt hatte?

War er nicht einmal ein Fanjuur? Hatte ihn, was das anging, auch die INSTANZ getäuscht? War er ein *künstliches* Bewußtsein in einem *künstlichen* Körper – hergestellt von Wesen, die über eine unvorstellbare Macht verfügen mußten?

Die Hohen?

»INSTANZ!«

»Was ist?«

Die Plattform glitt weiter in die Tiefe.

Mit Beklemmung stellte Vonnock fest, welche Strecke sie bereits zurückgelegt hatte. Und ringsum nur Wände aus Stahl.

Wie groß war Erron 2?

Wer baute Stationen von solcher Größe? Und wozu?

»Was wird mit mir geschehen?«

»Du wirst repariert.«

»Was ist an mir – defekt?«

»Das sagte ich bereits.«

»Mir fehlt die Erinnerung an das, was ich nach deiner Meinung bin und an meine damit angeblich verbundenen Aufgaben.«

»Korrekt.«

»Und die Erinnerungen, die ich *habe*?«

»Altlasten.«

»Altlasten?«

»Und Traumvariationen.«

»Genauer!«

»Das Grundprogramm eines Wächterkörpers variiert und erschafft in Phasen der Inaktivität Sequenzen, die es auf Grundlage der tatsächlichen Erinnerung entwirft.«

Vonnock dachte über die Erklärung nach.

»Das hieße«, sagte er schließlich, an die INSTANZ gewandt, »Teile meiner Erinnerung wären *falsch*? Welche?«

»Das vermag ich nicht zu sagen.«

»Aber…«

»Normalerweise müßtest du nach dem Erwachen, nach der Aktivierung deines Bewußtseins, selbst in der Lage sein, diese Unterscheidung zu treffen. Die Variationen sind nur dazu da, dich zu unterhalten. Deinen Intellekt in den Perioden der Inaktivität zu trainieren. Die allerersten Wächter besaßen nicht die Fähigkeit zu träumen. Sie wurden ab- und bei Bedarf wieder angeschaltet. Rasch stellte sich heraus, daß sich daraus Komplikationen im Zusammenspiel mit der Biokomponente der Körper ergaben.«

»Noch größere Komplikationen als die, die ich gerade durchlebe?«

»Die Bewußtseine brachten das System zum Kollabieren.«

»Was heißt das?«

»Sie zerstörten sich selbst.«

»Das ist möglich?«

»Das *war* möglich.«

Ein anderer Gedanke beschäftigte Vonnock. Eine Frage, von deren Beantwortung er sich einen winzigen Hinweis erhoffte, was von seiner Erinnerung echt war.

»Hast du meinen Körper gesehen, meinen wahren Körper?«

»Ja.«

»Bevor er in dieses… Depot gebracht wurde?«

»Ja.«

»Wo befindet es sich. Hier in der Nähe?«

»Am anderen Ende des Universums.«

Vonnocks Zorn wuchs. »Ich hasse es, verspottet zu werden.«

»Es ist die reine Wahrheit. Dein Körper ist dir so nah, wie er nur sein könnte, und gleichzeitig so fern, als triebe er am anderen Ende des Universums durch den sternlosen Raum.«

»Das Universum hat kein Ende.«

»Genau!«

Es gelang Vonnock, seine Gefühle wieder in den Griff zu bekommen. »Als du meinen Körper gesehen hast – war er da nackt?«

»In gewisser Weise.«

»In gewisser Weise?«

»Du hattest ein beachtliches Kleidungsstück.«

Vonnock hätte geschworen, sein Herz einen Hüpfer machen zu fühlen.

Aber er hatte kein Herz mehr. Nicht, wenn die Offenbarungen der INSTANZ der Wahrheit entsprachen.

»Wie war es beschaffen?«

»Hochkomplex. Winzige, drahtlos miteinander vernetzte Module. So winzig, daß sie mit dem bloßen Auge nicht zu erkennen waren.«

Wilde Hoffnung flammte in Vonnock auf. »Dann *gibt* es den Krieg gegen die Qoorn also! Dann…«

»Es ist lange her.«

»Was ist lange her?«

Die nächsten Worte der INSTANZ waren in ihrem Inhalt sowohl niederschmetternd als auch vollkommen desillusionierend: »Der Krieg deines Volkes gegen den Feind, von dem du sprichst. Jener Feind hat gesiegt, noch bevor die *Wächter* auf ihn aufmerksam wurden und ihn besiegen konnten…«

*

Es war, als würde ihm die Wirklichkeit noch ein Stück weiter entrücken – und gleichzeitig mit brachialer Gewalt auf ihn zustürzen.

Der Lift hatte bereits mehrere unterirdische Ebenen passiert.

Austrittsöffnungen in der Schachtwand kennzeichneten ihre Anzahl. Aber immer noch nicht war das Ziel erreicht. Der Ort, an dem es die Becken geben mußte, von denen die INSTANZ gesprochen hatte.

Nach dem gerade Gehörten sträubte sich alles in Vonnock, sich dorthin zu begeben.

Mehr noch: Es widerstrebte ihm, auch nur noch einen Augenblick länger Befehle von etwas oder jemanden entgegenzunehmen, der *kein Fanjuur war.*

Um diesem Widerstreben nachhaltigen Ausdruck zu verleihen, hörte er zunächst auf, über die Frage zu grübeln, ob Erron 2 existierte oder nur ein Truggebilde der Qoorn war.

Er beschloß, einfach so zu tun, als trüge er noch seinen Nanoanzug. Als wäre er noch ein Fanjuur im angeborenen Körper.

Statt der Nanomodule reagierte der rote Koloß, in dem er begraben war, auf seine verzweifelt formulierten Wünsche. Die Armextremitäten verwandelten sich in… etwas, das wie eine Waffe aussah. Eine fürchterliche Waffe.

Das Überraschungsmoment war auf seiner Seite.

Zwei grün flimmernde, breit gefächerte Energiebahnen brachen aus den Abstrahlpolen hervor.

Vonnock drehte sich rasend schnell um seine eigene Achse und bestrich damit die Roboter, die ihn in Gewahrsam genommen hatten.

Noch während er das tat, erreichte ihn aus einem fernen Sektor seines Wächterkörpers das Wissen, was gleich geschehen würde. Dennoch erschütterte der Anblick ihn bis in die Grundfesten seiner Seele.

Keiner der Roboter seiner Eskorte hatte eine energetische Schutzvorrichtung aktiviert.

Einen Schild.

Die Strahlung traf sie auf den bloßen Leib, dessen Beschaffenheit Vonnock immer noch unklar war. Er wirkte rotmetallisch, dabei aber so geschmeidig, wie der Fanjuur es nur von lebenden, von austrainierten Muskelgruppen kannte.

Die geradezu perfekte Optik löste sich unter dem grünen Strahl auf.

Die Geschmeidigkeit, selbst in der Bewegungslosigkeit erkennbar, erlosch. Das dunkle Rot der Oberfläche schien sich bei allen Robotern unter Einwirkung des breit gestreuten Beschusses wie mit grauer Asche zu überziehen. Fast schneller als der Verstand es in Bilder aufzurastern vermochte, begann diese Schicht wegzubrechen. Die eben noch so majestätisch dastehenden Wächter verwandelten sich in Zerrbilder.

Vonnock ahnte, daß dies nur geschehen konnte, weil weder die Wächter noch die INSTANZ damit gerechnet hatten, daß einer der ihren soweit gehen würde.

Soweit, seinesgleichen *anzugreifen.*

Die Bestürzung über die eigene Tat drohte Vonnock, die Kontrolle über die erzerne Hülle zu entziehen.

Zum ersten Mal hatte er das Gefühl, daß da noch etwas war – in ihm, bei ihm – das des Handelns fähig war; notfalls sogar gegen den Willen der gefangenen Seele.

Während unter der zu Staub werdenden Oberfläche der Wächter etwas sichtbar wurde, was diese Maschinen noch unbegreiflicher, noch schauriger erscheinen ließ, warf Vonnock sich in den nächsten Ausstieg, an dem der Lift vorüberglitt.

Er landete auf einem Korridor, der sich schnurgerade ins Nichts zu erweitern schien.

Erneut erahnte er die gigantischen Ausmaße der Anlage.

Die Plattform fuhr ohne ihn weiter. Das letzte, was er von den Wächterrobots sah, war, daß sie anfingen, konvulsivisch zu zucken wie Fanjuur im Todeskampf. Eine dicke »Gewebeschicht« hatte sich in Staub verwandelt und etwas freigelegt, was die Strahlen von Vonnocks Waffensystemen offenbar nicht angegriffen hatten. Etwas, das an eine offene Wunde erinnerte. Enthäutetes Fleisch, das im Gegensatz zum metallenen Panzer unangetastet blieb…

Die INSTANZ hatte von einer Biokomponente gesprochen. War

es das, wovon Vonnock einen kurzen Blick erhascht hatte? Steckte dergleichen auch in ihm?

Während er dies als wahrscheinlich erkannte, wurde ihm bewußt, daß in den von ihm beschädigten Robotern ebenso unschuldige, arme Seelen wie er eingekerkert waren.

Hin- und hergerissen zwischen Schuldgefühl und der wachsenden Überzeugung, diese Vereinnahmung durch eine unbekannte Macht nicht länger dulden zu wollen, rannte er los.

Sein eigener Körper war plump und unbeholfen gewesen im Vergleich zu diesem. Dennoch hätte er alles darum gegeben, ihn wieder zu besitzen, die vorgebliche Unsterblichkeit gegen Sterblichkeit zurückzutauschen.

Er wußte, daß dieses Tauschangebot nie akzeptiert werden würde. Also mußte er es erzwingen.

Größenwahnsinniger Narr!

Sein Verstand war bemüht, Vonnock auf den Boden der Tatsachen zurückzuholen.

Er befand sich auf Erron 2, und Erron 2 war ihm fremder als der fremdeste Planet.

Im Laufen wurde ihm bewußt, daß die INSTANZ schon die ganze Zeit schwieg, obwohl sie inzwischen wissen mußte, was geschehen war.

Warum meldete sie sich nicht?

Warum stellte sie ihn nicht zur Rede?

Weil du die Verbindung unterdrückst.

Erneut meldete sich sein Verstand. Aber war ihm zu glauben?

Vonnock kam zu der Überzeugung, daß er *instinktiv* auf der Klaviatur seines Wächterkörpers spielte. Auch ein Fanjuur, der im Wasser schlüpfte, konnte vom ersten Moment an *schwimmen,* genetisch bedingt. So ähnlich mochte es sich auch hier verhalten: Neben seinem eigenen Bewußtsein existierte noch ein *Programm,* mit dem er sich den Körper teilte und auf das er Einfluß hatte. Immerhin – zumindest war das den Enthüllungen der INSTANZ zu entnehmen – war er schon eine sehr lange Zeit Wächter.

Eine halbe Ewigkeit.

Der Krieg deines Volkes gegen den Feind, von dem du sprichst, ist lange her. Jener Feind hat gesiegt, noch bevor die Wächter *auf ihn aufmerksam wurden und ihn besiegen konnten...* hallten die Worte dumpf in ihm nach.

Nein, dachte er. *Das glaube ich nicht. Ich werde es erst glauben, wenn ich es mit eigenen Augen gesehen habe!*

Eigene Augen.

Nicht einmal die waren ihm geblieben.

*

Vonnock hetzte den Gang entlang, als es geschah.

Unvermittelt entstand vor ihm eine Wand.

Eine flirrende Wand, für die Augen eines Fanjuur vielleicht nicht einmal sichtbar, aber die Augen des Wächterkörpers waren nicht zu täuschen.

Er bremste, bevor er dagegenprallte, und wußte, daß auch der Weg, den er gekommen war, versperrt war.

Zu beiden Seiten des blaumetallischen Korridors hatten sich Barrieren errichtet.

Energiefelder von einer Stärke, die Vonnock sofort klarmachte, daß ein gewaltsamer Durchbruch, selbst unter Einsatz seiner Waffen, nur dann – und auch dann nur vielleicht – möglich gewesen wäre, wenn er ungeheure Zerstörungen an der Station in Kauf genommen hätte.

Er zögerte.

Er dachte an die Wächter, dic er außer Gefecht gesetzt und dabei vielleicht unschuldigen Bewußtseinen – Gefangenen wie ihm – Leid zugefügt hatte.

Er hatte im Krieg getötet.

(Habe ich das?)

Aber im Krieg hatte der Gegner Qoorn geheißen, und die Q waren alles andere als unschuldig gewesen!

(Falls die Q je existiert haben – nicht nur in meinen Träumen.)

Bevor die Verwirrtheit seinen Geist wieder mit Wahnsinn bedrohen konnte, schob er die unguten Gedanken beiseite.

Er wartete darauf, daß sich aus mindestens einer Richtung des Korridors Vasallen der INSTANZ nähern würden. Doch zunächst geschah etwas anderes.

Symbole erschienen im Energiestrom der Barrieren.

Schriftzeichen, keine fanjuurischen, aber dennoch klar für Vonnock verständlich:

ÖFFNE DEINEN KOMMUNIKATIONSKANAL. SOFORT. SONST WERDE ICH DICH AUSLÖSCHEN.

Er wußte, wer ihm drohte.

Und er wußte auch, daß es der INSTANZ ernst war.

Wie? schrie er innerlich auf. Sein Verdacht, daß er die Kontaktaufnahme unterdrückte, war bestätigt. Das Problem war: Er wußte weder, wie er die Verbindung unterbrochen hatte, noch wie er sie wieder aufbauen konnte.

In diesem Augenblick wurde die alte Schrift von unsichtbarer Hand hinweggewischt, und neue Glyphen erschienen.

WIE DU WILLST, stand zu lesen.

Die INSTANZ wertete das Nichtbefolgen ihres Befehls als Vorsatz. Als unmißverständliches Zeichen, daß er gar nicht daran dachte, seine Rebellion zu beenden.

Nein!

Verzweifelt forschte er in sich nach dem Mechanismus, der den Komm-Kanal wieder öffnete.

Offenbar reichte es nicht, es einfach nur zu wollen.

Diesmal nicht.

Er war stumm und taub, nur das Sehen war ihm geblieben.

Und so blickte er geradewegs auf die Schrift, die sein Todesurteil bedeutete.

WIE DU WILLST.

Die Wände aus Energie kamen näher. Offenbar wollten sie ihn zwischen sich zermalmen.

Er traute es ihnen zu.

Er traute es der INSTANZ zu.

Ausgerechnet an einem Mißverständnis zu scheitern, steigerte Vonnocks Verzweiflung ins Unermeßliche.

Noch einen Augenblick, dann hatten ihn beide Barrieren erreicht. Sie flammten jetzt wie Sonnen. Zumindest erweckte Vonnocks Wächtersinn diesen Eindruck.

Er wußte sich nicht anders zu helfen, als es der INSTANZ nachzumachen.

Kümmerlich, primitiv fiel sein Versuch aus, aber er gelang.

ICH KAPITULIERE! brüllten die Muster, die er mit aller Konzentration auf die Außenhülle seines Körpers malte.

In der Sprache der Fanjuur.

Und in der Sprache, derer sich die INSTANZ bediente.

ICH KAPITULIERE!

Die Wände überwanden auch noch das letzte Stück Distanz.

Sein Versuch war gescheitert.

Schmerz, wie er ihn noch nie erlebt hatte, nicht einmal in seinem Traum, der ihn in die Gewalt der Qoorn gebracht hatte, durchflutete ihn.

Strafte ihn noch lange, bevor er ihn endlich, endlich tötete.

Jetzt, war sein letzter Gedanke, *jetzt wird sich zeigen, ob dies die echte Realität war – oder ob ich gleich unter den grausamen Fadenfingern eines Qoorn erwache...*

4.

Auf Bewährung

»Kennst du deinen Namen?«

Die Stimme klang einschmeichelnd.

»Natürlich.«

»Wie heißt du?«

»Vonnock.«

»Was bist du?«

»Ein Wächter.«

»Was ist deine Aufgabe?«

»Ich habe momentan keine Aufgabe.«

Die Stimme schwieg kurz. Dann fragte sie: »Welchem Volk gehörtest du an, bevor du ein Wächter wurdest?«

»Den Fanjuur.«

»Was tust du, wenn du keine Aufgabe hast?«

»Schlafen... träumen...«

»Wozu ist das gut?«

»Damit mein Geist rege bleibt. Damit ich meine Herkunft nie vergesse. Denn einst werde ich belohnt werden für meinen Einsatz.«

»Womit?«

»Mit meinem echten Körper. Ich werde ihn zurückerhalten – sobald die Wächter nicht mehr gebraucht werden. Sobald Friede und Ordnung in diesem Sektor des Universums herrschen.«

»So wurde es bestimmt. Von wem?«

»Von den Hohen.«

»Du bist zufrieden mit deinem Los?«

»Ich bin zufrieden.«

»Dein Regulator ist aktiv?«

»Mein Regulator wacht über mich, damit ich keine Fehler mache.«

»Was wäre ein solcher Fehler?«

»Wenn ich in die Hände fremder Mächte fiele und ihnen unter welcher Form von Zwang auch immer Informationen geben würde.«

»Der Regulator würde das verhindern?«

»Ja.«

Für kurze Zeit herrschte Schweigen in Vonnock. Dann sagte die Stimme: »Du scheinst wieder vollkommen in Ordnung zu sein. Es hat sich also ausgezahlt, dich nicht zu liquidieren, sondern zu reparieren. – Erhebe dich jetzt. Forme deinen Einsatzkörper.«

Vonnock wuchs aus dem Becken empor, in dem er gelegen hatte. Andere Wächter standen in der Nähe. Er brauchte sich nicht an ihrem Erscheinungsbild zu orientieren, es war in ihm verankert.

»Ich habe einen Auftrag für dich«, sagte die Stimme.

*

Das Hangartor öffnete sich. Nein, es *verschwand* einfach. Ein simpler Impuls aus dem Steuermodul des Schiffes, und der Weg in den Weltraum war frei.

Vonnock kannte bereits alle Fakten: Ein fremdes Raumschiff war in unmittelbarer Nähe der Wächterstation erschienen. Das *Yaar* war aktiviert worden, um die Fremden an der Flucht zu hindern. Unmittelbar danach war das Schiff mit Paralysestrahlen bestrichen worden.

Es gab noch Lebenszeichen an Bord, aber sie waren sehr schwach.

Auch das Schiff selbst war, wie sich beim Anflug gezeigt hatte, schwer ramponiert. Eigentlich ein Wrack.

»Waren wir das?« fragte Vonnock.

Der Regulator verneinte. Insgesamt beteiligten sich sechs Wächter an der Operation. Sie war simpel, Komplikationen waren nicht zu erwarten.

»Was geschieht mit den Überlebenden?«

»Was immer mit ihnen geschieht.«

»Besteht denn Bedarf?«

»Für einige schon. Es gab unlängst ein paar... Ausfälle.«

Vonnock wußte nicht genau, warum ihn diese Antwort innerlich in leichten Aufruhr versetzte. »Wächter, die im Einsatz umkamen?«

»Korrekt.«

»Wächter sind unbesiegbar!«

»Nicht in jedem Falle.«

»Und wer war in der Lage, über sie zu triumphieren?«

»Die Antwort ist mir nicht gestattet.«

Auch das war nicht dazu angetan, das langsam erwachende Unbehagen zu dämpfen. Dennoch steuerte Vonnock im Verbund mit den anderen Wächtern das Ringschiff weiter auf das Kugelfahrzeug der Fremden zu. Dort angekommen senkte es sich wie ein Kranz auf die Hülle herab und dockte erschütterungsfrei an.

»Wie sehen die Fremden aus?«

»Du wirst ihnen gleich begegnen.«

»Warum haben sie uns angegriffen?«

»Sie haben uns nicht angegriffen.«

»Aber... warum gehen wir dann gegen sie vor?«

»Die Welt der Wächter ist zu schützen.«

Vonnock lauschte in sich. Er kannte die oberste Doktrin, an die das Programmgehirn ihn gerade erinnert hatte.

EIN VERBRECHEN.

Die anderen Wächter, die sich mit Vonnock in der Zentrale des Ringschiffes befanden, setzten sich in Bewegung. Das Schott glitt auf. Sie begaben sich zur Schleuse, um zum Raumer der Fremden überzuwechseln.

»Du mußt auch gehen.«

Vonnock verharrte.

»Hat man versucht, mit ihnen zu kommunizieren?«

»Wozu?«

»So wie ihr Schiff aussieht, brauchten sie Hilfe.«

»Du denkst wirr. – Geh endlich! Die Spezies muß geborgen werden.«

E-I-N – V-E-R-B-R-E-C-H-E-N–!

(Lange her… die Qoorn… der Krieg…! KAPITULIERE, ODER ICH WERDE DICH AUSLÖSCHEN! … Depot… Körper… Nanoanzug… Träume…)

»Gibt es Probleme?«

Eine andere Stimme, nicht die des Regulators. Es war die INSTANZ.

»Ich… erinnere mich«, gab Vonnock zurück.

»Woran?«

»Du wolltest mich vernichten.«

»Bleib, wo du bist«, befahl die INSTANZ.

»Warum?«

»Deine Reparatur ist fehlgeschlagen.«

»Was heißt das?«

»Bleib, wo du bist.«

»Ich will wissen, was das heißt!«

»Du wirst ausgemustert. Deine Biokomponente wird komplett ersetzt. Der Defekt muß in der Helix liegen. Der Sturm hat sie stärker geschädigt, als die Diagnostik es feststellen konnte.«

»Ausgemustert?« echote Vonnock. Er sah zu, wie die anderen Wächter aus der Schleuse schwebten und durch ein gewaltiges Leck in den Kugelraumer eindrangen. »Wie viele neue Bewußtseine werden benötigt, um Wächterkörper zu beseelen?« fragte er, scheinbar zusammenhanglos.

Die INSTANZ nannte die Zahl.

»Und wenn sich mehr Individuen an Bord des gekaperten Schiffes befinden – was geschieht dann mit ihnen?«

»Es gibt feste Regeln, wie mit Überschuß verfahren wird.«

Überschuß.

»Sie werden – getötet?«

»Der Biokörper geht nicht verloren.«

»Was geschieht damit?«

»Du bist nicht autorisiert, das zu erfahren.«

»Und ihre... ihre *Seelen*?«

Die INSTANZ antwortete auch darauf nicht. Vonnock übernahm es selbst: »Sie werden nicht mehr aus ihrer Ohnmacht erwachen. Sie werden ermordet.«

Eine Weile füllte ihn absolute Stille aus wie absolute Kälte.

Dann:

»DEAKTIVIERE DICH! DEAKTIVIERE DICH SOFORT! REGULATOR...«

Vonnock spürte, wie ihm der Zugriff auf bestimmte Körperkomponenten entzogen werden sollte.

»Neeeiiinnn...!«

Seine Sinne trübten sich. Es war, als würden die Wände der Zentrale auf ihn zu kippen.

Alles in ihm bäumte sich dagegen auf, *abgeschaltet* zu werden.

»Das tust du *nicht!*«

Der Regulator wirkte irritiert. Es kam zu Ausfällen im System.

»Die oberste Autorität...« setzte das Programmgehirn an.

»Die oberste Autorität in diesem Körper bin *ich!*«

Vonnock erinnerte sich wieder.

An alles.

Auch und vor allem an die Umstände, wie es zu seiner »zweiten Chance« gekommen war.

Und dieser Körper gehorchte ihm nun wieder vollständig – mit all seinen phantastischen Möglichkeiten.

Er haßte die INSTANZ. Er haßte die Hohen...

Als er das nächste Mal zu den Schirmen sah, entdeckte er Wächter, die aus dem Kugelschiff zurückkehrten.

Mit leeren Händen.

Keine Überlebenden?

Es gab noch eine andere Erklärung, die Vonnock sehr viel wahrscheinlicher fand: Sie kehrten zurück, um sich *ihn* vorzunehmen.

Immer noch verbunden mit der Steuerung des Ringschiffs, traf er fast intuitiv Gegenmaßnahmen.

Die zurückkehrenden Wächter erreichten die offene Schleuse nicht mehr. Vonnock aktivierte den A-Grav. Das Schiff wurde regelrecht von dem Kugelraumer weggestoßen.

In sicherer Distanz flammten die Antriebsprojektoren auf.

Das *Yaar* konnte dem Ringschiff nichts anhaben. Erstens war es nicht mehr aktiviert, zweitens hatte Vonnock nicht vor, zu transitieren.

Er aktivierte die Generatoren, die das Schiff in ein künstliches Kontinuum hüllen sollten, in dessen Schutz es möglich war, auch ohne Hyperraumsprünge auf ein Vielfaches der Lichtgeschwindigkeit zu beschleunigen.

Zunächst schien alles nach Wunsch zu verlaufen.

Doch kurz nachdem der künstliche Weltraum sich aufgebaut hatte, fiel er auch schon wieder zusammen. Selbst der Sublichtantrieb setzte aus.

Die Wächterwelt befand sich immer noch in Reichweite der Sensoren.

»Regulator?«

Die INSTANZ meldete sich bei Vonnocks Programmgehirn, nicht länger bei ihm.

»Warum hast du ihn nicht gestoppt?«

»Es war mir – nicht möglich.«

»Dann bist du genauso gestört wie die Biokomponente. Ich entsende ein Schleppkommando.«

Vonnock brauchte nicht lange zu warten, um zu erfahren, was die INSTANZ darunter verstand. Von der Station der Wächter her näherten sich zwei Ringschiffe gleicher Bauart wie das, in dem Vonnock zu fliehen versucht hatte.

Er wußte nicht, warum er gescheitert war, ahnte aber, daß die höchste Autorität der Wächter sein Schiff mit den technischen

Finessen von Erron 2 gestoppt hatte.

Gleiches schien ihr im direkten Zugriff auf Vonnock jedoch unmöglich. Ihre Macht war also nicht unbegrenzt, außerdem machte sie Fehler.

Sie hatte ihm eine Bewährungsprobe zugestanden.

Ein großer Fehler.

Vonnock wußte selbst nicht, woran es lag, daß er sich der Doktrin nicht mehr verpflichtet fühlte. Daß er sogar offen rebellierte.

Wenn ein *Defekt* schuld daran war, dann war er froh, geschädigt zu *sein*.

Es hatte ihm die Augen geöffnet.

Augen.

Wieder mußte er an seinen wahren Körper denken, eingemottet in einem Depot, das zu finden er eigentlich chancenlos war. Der Hyperraum war eine solch enorme Größe, daß es ohne genaue Koordinatenangaben wahrscheinlicher gewesen wäre, eine Schuppe an den Ufern eines Meeres zu finden…

Wieder sah sich Vonnock als sterbender alter Fanjuur… LÜGE!

Es bereitete ihm immer noch Mühe, zwischen realer und gefälschter Erinnerung zu unterscheiden. Dennoch hatte die sogenannte Reparatur, von der INSTANZ als gescheitert angesehen, für ihn einen Fortschritt gebracht: Er vermochte den Körper, in dem er steckte, nunmehr mit schlafwandlerischer Sicherheit zu benutzen.

Momentan schien es allerdings nicht so, als könnte er daraus noch irgendeinen Vorteil schöpfen. Der herannahenden Übermacht, erst recht der Übermacht, die auf der Station auf ihn wartete, würde er nicht die Stirn bieten können.

Die Schiffe kamen unwiderstehlich näher. Anfänglich waren sie in ihre künstlichen Kontinua gehüllt, ab einer gewissen Distanz verzichteten sie darauf und fielen auf Unterlicht zurück.

Ich könnte versuchen, sie unter Feuer zu nehmen…

Lächerlich!

Erstens hatte die INSTANZ inzwischen jeglichen Zugriff auf die

Bordkontrollen blockiert, zweitens hätten sie diesen feindseligen Akt mit einem vernichtenden Gegenschlag beantwortet. Anders als zuvor waren sie gewarnt. Und warum sollten sie ihn schonen? Er bekämpfte auch sie ohne große Skrupel. Offenbar hing seine Fähigkeit, über sich und sein Los nachzudenken, *Unzufriedenheit* darüber zu empfinden, mit dem Defekt zusammen, von dem er als einziger betroffen zu sein schien.

Nein, die anderen Geknechteten waren der INSTANZ nach wie vor loyal verbunden.

Und den *Hohen*.

Das war ein völlig abstrakter Begriff für Vonnock. Er erinnerte sich inzwischen an vieles, aber nicht daran, je einem Hohen – und damit einem seiner Erbauer – begegnet zu sein.

Sie mußten lange nicht mehr auf Erron 2 gewesen sein.

Vielleicht existierten sie gar nicht mehr.

Wie mein Volk...

Als die beiden Schiffe bis auf Sichtweite der Normaloptik herangekommen waren, aktivierten sie eine Art Zugstrahl.

Niemand sprach mit Vonnock. Es war, als existierte er bereits jetzt nicht mehr.

Was geschieht mit den Originalkörpern, deren Bewußtseine umkommen? Ergeht Befehl ans Depot, auch sie zu vernichten?

Er krümmte sich innerlich.

Der seltsame Konvoi nahm Fahrt auf.

Vonnock verließ die Zentrale. Er wurde nicht aufgehalten. Hätte man versucht, die Schotte zu blockieren, wären sie von ihm zerstrahlt worden.

Der Regulator schwieg. Er kam Vonnock wie ein verängstigtes Junges vor, das gerade der Laichschnur entschlüpft und gleich mit einem Rätsel konfrontiert worden war, das es völlig verschüchterte.

Auch Vonnock suchte keinen Kontakt zum maschinenkühlen Intellekt des Programms, das er sich wie auch immer untergeordnet hatte statt sich ihm zu unterwerfen.

Er wußte, daß ihn auf der Station der Wächter keine *dritte* Chance mehr erwartete.

Auch wenn er – im Traum – schon viele Tode durchlitten hatte, war sein Selbsterhaltungstrieb ungebrochen.

Im Maschinenraum angekommen, begann er den Antriebskern unter Dauerbeschuß zu nehmen. Er hatte dafür eine Strahlart gewählt, die blaßrot auf die Wandung der Konverter prallte und die dortige Materie binnen kürzester Frist in Energie umwandelte.

Energie, die sich mit der in den Konverterbänken rumorenden Kraft vermählte.

Und das Schiff von innen heraus zerriß, noch ehe es nach Erron 2 zurückgeführt werden konnte.

5.

Die Nacht

Als die Dunkelheit hereinbrach, bereitete Lyroon sich darauf vor, hinauszugehen und die Netze zu kontrollieren, die er bei seiner letzten Fahrt ausgebracht hatte. Er hätte zu jeder beliebigen Tageszeit mit dem Boot auslaufen können, aber schon sein Vater war nur bei Dunkelheit an die Grenzen der *Nacht* hinausgefahren, und dessen Vater ebenso.

Lyroon wußte noch genau, wie es gewesen war, als Kind zum erstenmal bei einem solchen Unternehmen dabeisein zu dürfen. Sein Herz hatte vor Aufregung Freudensprünge vollführt. Er war beinahe so erhitzt gewesen, als litte er unter einem Schub des schrecklichen Soorenfiebers.

Deshalb war heute ein besonderer Tag.

Ein ganz besonderer Tag.

»Wann geht es endlich los?« drängte Suna. Sie saß ganz hinten, nahe dem Kiel auf dem Platz, den er ihr zugewiesen hatte. Sie war das Ebenbild ihrer Mutter, nur kleiner und jünger. Suna war jetzt so alt, wie Lyroon es bei seiner ersten Fahrt gewesen war. Ihre nackten Wangen waren gerötet, die Augenstiele in voller Länge ausgefahren und pendelten aufgeregt hin und her. Das Fell, das den ganzen Körper überzog und nur das Gesicht aussparte, schien in den Haarspitzen zu leuchten, als handele es sich um lichtleitende Fasern, die von einer verborgenen Lampe zum Leuchten gebracht wurden.

Warm ruhte Lyroons Blick auf seiner Tochter.

»Schon gut. Ich lichte ja schon den Anker. Halte dich fest!«

Verwunderung flog über ihr zartes Gesicht. »Wozu festhalten?«

Er lächelte über seine eigene, kurzzeitige Verwirrtheit. Für einen Moment hatte er sich tatsächlich so sehr ins Vorvorgestern zurückversetzt gefühlt, daß er vergaß, wie viel Zeit vergangen war, seit *er* das Kind gewesen war. Und wie enorm sich die technischen Möglichkeiten seit damals zum Besseren hin verändert hatten.

»Vergiß es. Wir starten.«

Seine dreifingerige Hand huschte über die Steuersensorik. Der Motor des Bootes erwachte wummernd zu Leben. Das Instrumentenhologramm materialisierte vor Lyroons Augen. Er hätte es auch direkt auf seine Netzhäute lenken können, aber er wollte Suna an allen Vorgängen teilhaben lassen.

Anders konnte sie nicht lernen.

Und sie *brannte* darauf, selbst ein Fischer zu werden.

Nun, nachdem der Moment gekommen war, winkte Lyroon seine Tochter zu sich. Die Bank, auf der er saß, bot auch noch Platz für sie.

»Diesen Schalter«, bedeutete er ihr.

Ihr Gesicht leuchtete noch stärker auf. Sie aktivierte die Schaltung.

Im Holo öffnete sich ein Kommunikationsfenster, wie es nur in unmittelbarer Nähe der Planetenoberfläche möglich war. Weiter draußen unterbanden die Verhältnisse jeden Funk. Das Gesicht von Aarna erschien darauf. Lyroon glaubte Sekretspuren auf ihren Augenstielen zu erkennen. Die Stimme seiner Frau klang jedoch ganz normal, als sie sagte: »Ich wünsche euch eine gute Fahrt. Paßt auf die Klippen auf. Wie lange werdet ihr fort sein?«

»Bis alle Netze geleert sind, werden Tage vergehen. Aber du brauchst dir keine Sorgen zu machen. Ich kenne sämtliche Untiefen und Klippen. Und unsere Tochter ist eine sehr gelehrige Schülerin. Wir werden unversehrt zurückkehren, bevor die Wilden Schwärme das Gebiet durchkreuzen.«

»Seid vorsichtig.«

»Ich küsse dich.«

»Ich küsse dich auch. – Suna?«

»Ja, Mutter?«

»Paß auf deinen Vater auf.«

Ihr Lächeln erlosch mit der Verbindung.

Suna strahlte, von Stolz erfüllt. Und Lyroon empfand ähnliches. Nicht nur Stolz auf sie, sondern auf seine Frau, die zu Hause blieb und vor Sorge keinen Schlaf finden würde.

Es war noch nie anders gewesen, selbst wenn er alleine hinausgefahren war.

Es wäre töricht gewesen, sich einreden zu wollen, daß es *nicht* gefährlich war.

Aber ihr Überleben hing davon ab.

Das Überleben der ganzen Welt war eng mit der Risikobereitschaft der Fischer verknüpft.

Es gab nicht viele, die überhaupt in der Lage waren, sich der *Nacht* zu nähern. Es bedurfte neben den speziellen Fertigkeiten, die von einer Generation an die nächste weitergegeben wurden, auch einer ganz besonderen Psyche, um die dortigen Einflüsse zu *ertragen*.

Lyroon wußte, daß es einmal anders gewesen war.

Vor den Kriegen.

Bevor die Horden von Makaasch sie in Aussätzige verwandelt hatten und als Folge davon das Licht der Sterne hatte gelöscht werden müssen.

Das Boot hob sacht vibrierend vom Boden ab. Der Antrieb überlistete die Schwerkraft des Planeten. Rasch wurde die Hafenanlage kleiner. Die JEZZEL, wie Lyroon das Boot aus Respekt für seinen Vater getauft hatte, stieg immer höher. Das Anwesen der Familie blieb unter ihnen zurück, verfolgbar über das Navigationshologramm, in dem ein kleiner Ausschnitt auch ihrem Zuhause gewidmet war.

Zumindest bis sie die Atmosphäre verlassen hatten.

Und ins Licht tauchten.

Lyroon hörte, wie seine Tochter einen Seufzer ausstieß.

»Gefällt es dir?«

Es war mehr als das, sie war überwältigt. »Ich hätte es mir nie so vorgestellt.« Ihr Blick war wie gebannt auf die Sonnenscheibe gerichtet. Zwischengeschaltete Filter verhinderten, daß ihre empfindlichen Augen Schaden nahmen. »Vater, stimmt es, was man sich erzählt?«

»Was meinst du?«

»Daß es draußen, jenseits der *Nacht*, unzählige... Feuer wie dieses geben soll.«

»Sterne.« Er machte eine Geste der Bejahung. »Der Vater meines Vaters war ein kleiner Junge, so alt wie du, als sie noch zu sehen gewesen sein sollen. Es war im letzten Jahr des Krieges gegen die Makaasch.«

Ohne den Blick von der feurigen Atem ins All stoßenden, grellgelben Kugel zu nehmen, dachte Suna eine Weile über seine Worte nach, dann fragte sie: »Gibt es die Makaasch noch – irgendwo?«

Lyroon reagierte beinahe entsetzt. »Wie kommst du darauf – nein!«

»Wo sind sie geblieben?«

Die JEZZEL durchstieß die äußersten Schichten der Atmosphäre.

»Untergegangen«, sagte Lyroon. »Mit ihrer Welt.«

»Und die sie besiegten?«

»Sie gingen und kamen seither nie zurück. Aber es heißt, daß wir ihnen eines fernen Tages wiederbegegnen werden. Wenn sie die *Nacht* beenden und die Zeit der Bewährung zu Ende geht.«

»Warum müssen wir uns bewähren? Was haben wir Schlimmes getan?«

Lyroon hob seine Hand und strich über das Kopffell seiner Tochter. Ihr Gesicht hatte den goldenen Glanz eines Sees, in dem sich die Mittagssonne brach.

»Bewähren ist vielleicht nicht das richtige Wort«, sagte er. »Wir müssen es einfach überwinden.«

»Es?«

»Das, was die Makaasch uns antaten, und was auch unsere Retter nicht ungeschehen machen konnten… doch jetzt sollten wir uns auf die Fahrt konzentrieren. Du bist mitgekommen, um zu lernen.«

»Aber das, was ich fragte, gehört auch zu dem, was ich lernen muß.«

»Du bist noch sehr jung. Vielleicht zu jung, um alles zu wissen.«

»Warst du nie neugierig?«

Er lauschte in sich, holte noch einmal den kleinen Jungen hervor, der er gewesen war. »Doch. O doch.«

»Und dein Vater, half er dir, deine Wißbegierde zu stillen?«

»Das tat er.«

»Dann weißt du doch, wie wichtig…«

»Später«, unterbrach er sie. »Sobald das Boot auf Kurs ist. Die Reise ins Grenzgebiet dauert lange genug, um deine schlimmste Neugier zu stillen. Aber jetzt konzentriere dich auf das Steuer. Tu, was ich dir sage. Setze die Segel. Hier… hier mußt du drücken…«

Suna war von einem Moment auf den anderen wie umgewandelt. Auch das kannte Lyroon von ihr. Sie erwies sich als überaus gelehrig, wobei ihr die theoretischen Kenntnisse halfen, die er ihr schon an den langen Abenden zu Hause beigebracht hatte.

Haupt- und Nebensegel entfalteten sich außerhalb der geschlossenen Schiffshülle. Die Sonnenwinde blähten sie auf, das Boot gewann an Fahrt.

»Jetzt noch die Klippen umschiffen…« murmelte Lyroon.

Die Klippen waren Trümmer eines Mondes, den die Makaasch einst zerstört hatten. Die Retter hatten sie damals im Himmel aufgehängt – niemand wußte, wie. Ein sonderbarer Körper schwebte im All, eine Kugel, gewaltig wie eine kleine Stadt. Niemand wußte, was sie beinhaltete, aber die Überlieferung sagte, daß diese Kugel dafür verantwortlich war, daß die Trümmer nicht ins Anziehungsfeld des Planeten gerieten, sondern in seinem Orbit blieben. Splitter, die an die Kriege erinnerten, genau wie das Denkmal bei Narmos, der größten Stadt des Planeten, wo sich auch der *Schlund* befand. Wären die Mondtrümmer damals außer Kontrolle geraten, es gäbe heute kein Leben mehr auf der Welt. Lyroon war nur ein Fischer, aber jedermann wußte dies. Man hatte Simulationen des Katastrophenszenarios durchgeführt, das eingetreten wäre, hätten es die Retter mit ihrer überlegenen Technik nicht verhindert.

Zwischen den Klippen herrschten tückische »Winde« – man vermutete, daß sie von den Kräften erzeugt wurden, die die Trümmer am Absturz hinderten und die sich im ständigen Widerstreit mit der natürlichen Gravitation des Planeten befanden.

Die großen Klippen stellten dabei das geringere Problem dar; die kleinen Splitter des Trabanten waren es, die eine Havarie hervorrufen konnten. Viele gute Männer und Frauen hatten so schon ihr Leben gelassen.

»Hast du Angst?« fragte Lyroon, als das Boot wieder einmal ins Schlingern geriet.

»Nein«, sagte Suna tapfer.

Er glaubte ihr.

Sie war mit Feuereifer bei der Sache, reffte die Segel und brachte sie wieder aus, je nach Lage der Verhältnisse draußen, und setzte auch den Schub des Planetenantriebs gezielt dort ein, wo es sich als nötig erwies. Lyroon hielt sich schon bald ganz bewußt mit eigenen Eingriffen und Ratschlägen zurück.

»Das machst du sehr gut.«

Nachdem sie die Klippen hinter sich gelassen hatten, lehnte sich Suna auf der Bank zurück. Ihr war kaum mehr etwas von der Anspannung anzumerken, unter der sie eben noch gestanden hatte.

Lyroon hingegen atmete schwer.

Erwartungsvoll blickte sie ihn an. »Du hast es mir versprochen.«

Er wußte sofort, worauf sie hinauswollte. Und seufzend begann er, Rede und Antwort zu stehen, während sich das Schiff immer weiter vom Lebensquell des Systems entfernte und sie auf die *Nacht* zubewegte.

Die endlose *Nacht,* die einst von den Rettern installiert worden war.

Aus gutem Grunde…

*

»Einst gab es noch einen zweiten Planeten, der um unsere Sonne kreiste, mondlos zwar, aber von Geschöpfen bewohnt, in denen der Funke der Intelligenz fast zur gleichen Zeit gezündet haben muß, wie es bei uns geschah«, holte Lyroon weit aus. Vieles davon war Suna bekannt, aber bei weitem nicht alles. Kinder mußten noch nicht alles wissen. Kleine Kinder. Doch jetzt, entschied er, war sie in einem Alter, da sie mit dem Schrecken umgehen konnte. Wenn er sie bei der Hand nahm und behutsam führte. »Ich rede von den Makaasch, die sich äußerlich völlig von uns unterschieden. Sie waren völlig unbehaart, du kennst die Bilder, die in den Museen hängen…« Er wiegte den Kopf, merkte, wie schwer es ihm selbst fiel, das überlieferte und in seinem Gedächtnis gelagerte Wissen abzurufen.

»Auch die Raumfahrt entwickelten die Makaasch fast zeitgleich mit uns. Und unsere erste Begegnung fand hier draußen statt: Ein bemanntes Fahrzeug der Makaasch brachte eine unbemannte Forschungssonde auf, die wir zu ihrem Planeten entsandt hatten. Die Sonde galt eine Zeitlang als verschollen – bis sie unverrichteter Dinge zurückkehrte. Sie schlug nahe des südlichen Pols ein. Eine Bergungsgruppe brachte sie zur Hauptstadt. Obwohl alle denkbaren Sicherheitsvorkehrungen getroffen wurden, brach kurz darauf das Soorenfieber aus.

Soorenfieber nannten es unsere Ärzte erst später. Damals war es einfach ein Fieber, eine furchtbare Epidemie, die in ihrer ersten Welle ein Drittel der Gesamtbevölkerung unseres Planeten hinwegraffte. Niemand stellte zunächst einen Zusammenhang mit der zurückgekehrten Sonde her. Doch dann orteten unsere Stationen einen Flugkörper, der sich vom zweiten Planeten des Systems auf unsere Welt zubewegte.

Alle Versuche, Verbindung mit dem Objekt, das sich als Raumschiff herausstellte, zu bekommen, scheiterten. Unsere Regierung unternahm immense Anstrengungen, um das eigene Raumfahrtprogramm zu forcieren. Es dauerte einen ganzen Sonnenumlauf unserer Welt, bis das fremde Objekt die Mondumlaufbahn kreuzte. Zu diesem Zeitpunkt war unsere Technik weit genug fortgeschritten, um dem Ankömmling eigene Schiffe entgegenzusenden. Sie waren bewaffnet, aber im Vergleich zu den Makaasch fast primitiv. Die Hälfte wurde ohne Warnung abgeschossen. Eine der letzten verbliebenen Einheiten stoppte den Angreifer schließlich durch ein Selbstmordmanöver. Sie rammte das Schiff vom zweiten Planeten und entlarvte, worum es sich in Wirklichkeit handelte: eine gigantische Bombe.

Sie detonierte nicht wie vorgesehen auf unserer Welt, sondern weit draußen und richtete – abgesehen von den bedauerlichen Opfern an Bord unserer verbliebenen Schiffe, die allesamt von der Explosion vernichtet wurden – keinen weiteren Schaden an.

Nach diesem mißlungenen Anschlag lagen die Absichten des Feindes offen: Er wollte unseren totalen Untergang. Anfangs gab es noch Zweifel, ob die fremde Macht auf dem zweiten Planeten beheimatet sein könnte; selbst unsere leistungsfähigsten Teleskope vermochten dort keine Anzeichen von Zivilisation zu entdecken. Heute wissen wir, daß die Makaasch ihre Städte unter der Oberfläche ihres Planeten erbauten. Aber wir wissen nicht, woher ihr Haß kam und warum sie sofort in die Offensive gingen, statt Kontakt mit uns zu suchen.

Die darauffolgende Zeit war geprägt von gegenseitiger Aufrüstung. Wir verbrauchten sämtliche Ressourcen unseres Planeten. Nicht nachwachsende Rohstoffe endeten als Schlachtschiffe, die an der Front zerrieben wurden. Ich weiß nicht, wie viele von uns damals hier draußen starben. Der Krieg dauerte eine viel zu lange Zeit, wogte hin und her, ohne daß entscheidende Siege erzielt wurden.

Die Makaasch waren uns, was ihre Technologie anging, um einiges voraus – wir machten es durch Aufopferungswillen wett, obwohl immer weitere Kreise der Bevölkerung vom Soorenfieber befallen wurden. Die Krankheit legte beinahe unsere Industrie lahm. Längst war klar, daß die Makaasch uns die Seuche geschickt hatten. Die Zukunft sah düster aus, obwohl unsere Wissenschaftler unablässig an einem Mittel gegen die Seuche arbeiteten.

Wie du weißt, waren sie bedingt erfolgreich: Sie entdeckten Therapiemöglichkeiten, um den Krankheitsverlauf abzuschwächen und in einigen Fällen sogar den Ausbruch der Seuche zu verhindern. Aber es gelang ihnen nicht, sie völlig zu bannen.

Noch heute ist der Erreger fester Bestandteil unseres Lebens. Du trägst ihn in dir, ich trage ihn in mir. Schon bei der Geburt wird er von der Mutter auf das Kind übertragen. Alles, was wir vermögen, ist, das Virus einzudämmen, so daß es seine tödliche Kraft nicht entfaltet. Aber es schadet uns trotzdem. Viele sterben früh an anderen Krankheiten. Unser Immunsystem ist ständig stimuliert. Genetische Veränderungen haben es noch wachsamer, noch stärker gemacht. Der Preis ist eine geringere Lebenserwartung als sie uns vor der Verseuchung beschieden war. Und der vielleicht höchste Tribut, den wir für die Sünden der Makaasch entrichten müssen, ist die *Nacht*. Sie geht jedoch nicht auf unsere Feinde zurück, sondern auf unsere Wohltäter.«

Es war das erste Mal, daß Suna ihn unterbrach. »Wie kam es dazu?«

»Hier widersprechen sich die Legenden – hauptsächlich was die Herkunft der Retter betrifft und die Frage, wie sie auf uns aufmerksam wurden. Das ist bis heute ungeklärt, auch wenn es viele Hypothesen gibt.

Es geschah unmittelbar nachdem den Makaasch der nach der Seuche heimtückischste Anschlag gelungen war: die Sprengung unseres Mondes.

Wie der Feind es schaffte, unser ausgeklügeltes Sicherheitsnetz zu durchbrechen, weiß niemand. Aber sie schafften es. Und schleusten eine Vernichtungsmaschinerie ein, die in der Lage war, den gesamten Mond mit einem einzigen Donnerschlag in unzählige Teile zu spalten.«

Suna stöhnte unterdrückt auf. Auf den Netzhäuten ihrer Augen schienen Schatten vorbeizuhuschen, die Stiele verfärbten sich weiß.

»Unser Untergang schien beschlossene Sache. Binnen Stunden mußten die Trümmer auf uns herabregnen und unsere Welt zerstören.

Doch soweit kam es nicht. Weil *sie* kamen. Und einschritten.«

»Sie hatten keinen Namen?«

»Sicher hatten sie Namen. Aber wir erfuhren sie nie.«

»Warum halfen sie uns? Was waren ihre Motive? Diese scheinbare Selbstlosigkeit… ich habe gelernt, daß meistens ein Eigennutz hinter sogenannten ›guten Taten‹ steckt.«

»Wie weise du bist, meine Tochter«, spottete er gutmütig. »Sie selbst sagten, es sei ihre Bestimmung, *ordnend* einzugreifen.«

»Was geschah, als sie kamen?«

Lyroon schaute in die Weite des Raumes, geradewegs auf die Grenze der *Nacht.* Das Hologramm vermittelte das Gefühl, außerhalb des Bootes aus eigener Kraft, völlig entblößt von schützender Technik, darauf zuzutreiben.

»Noch bevor sie den Mond daran hinderten, herabzustürzen, vernichteten sie die Welt der Makaasch, den zweiten Planeten, in einem noch viel gewaltigeren Donnerschlag, als die Makaasch es mit unserem Trabanten getan hatten.«

»Sie vernichteten die Makaasch, ohne auch nur den Versuch zu unternehmen, mit ihnen zu verhandeln?«

»Später erfuhren wir, daß sie den Krieg, der zwischen unseren beiden Welten wogte, schon eine geraume Zeit verfolgten. Sie hatten sich ein Bild der Situation gemacht. Und waren offenbar zu dem Schluß gelangt, daß die Makaasch ihr Recht auf Leben verwirkt hatten.«

»Das klingt sehr monströs für… Retter.«

»Sie rechtfertigten sich nicht für ihre Taten. Und unsere Vorfahren sahen in allererster Linie, daß sie gerettet waren. Durch den

Beistand der radikalen Fremden.«

»Sahen sie wirklich aus wie das Denkmal, das ihnen zu Ehren errichtet wurde.«

»Warum sollte es lügen?«

»Ich meine...«

»Ich weiß, worauf du anspielst. Es ist ein Denkmal. Es steht für die Retter in ihrer Gesamtheit. Deshalb weist es keine individuellen Züge auf.«

»Und sie konnten nichts für uns tun – ich meine darüber hinaus, daß sie uns vor dem totalen Untergang bewahrten.«

»Ist das nicht wichtiger als alles?«

Suna wirkte melancholisch, wie er es oft an ihr bemerkt hatte.

»Ich würde so gern einmal die Sterne sehen«, sagte sie.

»Ich auch«, sagte Lyroon. »Wer weiß, vielleicht wirst du es noch erleben.«

»Warum sollte ich? Wir sind noch immer nicht *geheilt*, oder?«

»Nein.«

»Und ist das nicht die Voraussetzung, daß die *Nacht* endet?«

»Du hast recht.«

Es war ihm unangenehm, über das Unabänderliche zu sprechen. Seiner Tochter die Hoffnung zu rauben.

»Hören wir auf, uns traurig zu machen«, bat er. »Dies ist ein wichtiger Abschnitt in deinem Leben. Du lernst, die Ressourcen abzuernten, aus dem All zu *fischen*, was es auf unserer eigenen Welt nicht mehr gibt: wertvolle Erze und Edelmetalle, die vom zerstörten zweiten Planeten stammen, dessen Trümmer die Grenze zur *Nacht* markieren.«

»Du hast recht«, sagte Suna. »Schade, daß unser geborstener Mond keinerlei Schätze birgt. Was läge näher, als *ihn* auszubeuten?«

»Die Waffe, die ihn zerstörte, hat alles unbrauchbar gemacht«, sagte Lyroon. »Wir können froh sein, daß es den Makaasch nie gelang, ihre Todesmaschinerie auf unsere Welt zu schaffen. Dann wäre unser Volk ausgelöscht worden, und wer weiß, ob die Retter dann noch eingeschritten wären.«

»Du meinst, sie hätten die Makaasch davonkommen lassen?«

Lyroon machte eine unbestimmte Geste. »Leg dich jetzt schlafen. Wenn du aufwachst, haben wir die Grenze erreicht. Wir werden sehen, was sich in den Energienetzen verfangen hat, die ich ausgebracht habe. Hoffen wir auf einen guten Fang. Er wird uns nicht reich machen, aber unser Überleben für die nächste Zeit sichern.«

»Wie viele Fischer mögen zur Zeit unterwegs sein?« fragte Suna.

»Es gibt nicht mehr viele, wie du weißt«, antwortete ihr Vater. »Und über das System verteilt verlieren sie sich in der Weite. Ich habe in meinem ganzen Leben noch nie ein zweites Boot an der Grenze getroffen.«

»Du könntest nach anderen *suchen.*«

»Wozu?«

»Um die Einsamkeit zu überbrücken.«

»Bist du einsam?«

Sie überlegte. Dann verneinte sie.

»Siehst du? Was gibt es Schöneres, als dem Puls der Grenze zu lauschen?«

Lyroon öffnete eine Frequenz, auf der ein seltsames Wummern zu ihnen ins Innere des Bootes drang. Es klang fast wie der Herzschlag eines Wesens.

»Wie geheimnisvoll das klingt«, sagte Suna.

»Es *ist* ein Geheimnis. Die Grenze wird sich unserem Verstehen ewig entziehen.«

Einstweilen gab sich Suna zufrieden. Sie zog sich in die Ruhekuhle zurück, in der sich auch Lyroon schon auf vielen Fahrten erholt hatte.

Er hingegen wollte diesmal wach bleiben. Wollte Suna im Schlaf betrachten. Sein Kind. Sein über alles geliebtes Kind, das dieses Boot noch lenken würde, wenn er selbst schon lange, lange durch den *Schlund* gegangen war...

*

Schlaftrunken richtete Suna sich auf. Ihr Vater hatte sie geweckt.

»Sind wir da?«

»Nein.«

»Soll ich das Ruder übernehmen? Bist du müde?«

»Auch das nicht, mein Kind.«

»Warum hast du mich dann aufgeweckt?«

»Es ist etwas passiert.«

»Passiert?«

Lyroon wies mit einem seiner Augenstiele in Richtung der Kontrollen. Mehrere Warnleuchten brannten. Lichtflecke huschten über den grünen Kartentisch, der den Lebensraum ihres Volkes markierte – bis hin zu den Grenzen der *Nacht*.

»Was bedeutet das?« Dicht hinter Lyroon begab sich Suna zu dem Schirm, der die Welt jenseits der Schiffsschale modellhaft wiedergab.

Deutlich war jetzt auch das wummernde Pochen der Grenze zu hören, die das Schiff als Resonanzkörper mißbrauchte.

»Ich weiß es nicht. Aber ich will es herausfinden. Deshalb habe ich dich aufgeweckt.«

Suna straffte sich. Die Schlaftrunkenheit verflog. »Was muß ich tun?«

»Versuche, das Schiff zu dem Ursprung der Störung zu steuern.«

»Ich?«

»Du kannst das. Außerdem bin ich bei dir und könnte jederzeit eingreifen.«

»Du schaust so ernst. Sicher weißt du längst, was dahintersteckt. Du warst öfter draußen als die meisten unserer Zunft. Ist es – gefährlich?«

»Du irrst, Suna, ich weiß es nicht. Die Instrumente haben auf all meinen Fahrten noch nie so verrückt gespielt. Zuerst dachte ich, der Fehler läge an der Ausrüstung. Aber alle Systeme arbeiten normal. Da draußen… da draußen ist etwas. Und wir sollten wissen, worum es sich handelt. Wenn es eine Gefahr darstellt, müssen die anderen davor gewarnt werden.«

»Und wenn es *uns* gefährlich wird?«

»Ich weiß, worauf du hinauswillst.« Er strich sanft über ihren Rücken. »Immerhin hast du deiner Mutter versprochen, auf mich aufzupassen.«

Suna lachte. »Schon gut.« Sie übernahm das Ruder. »Du hast recht: Wenn ich in deine Fußstapfen treten will, darf ich nicht die Angst mich beherrschen lassen, ich muß die Angst beherrschen lernen…«

»Genau so ist es, mein Kind.«

Die JEZZEL kreuzte vor den Gestaden der *Nacht*. Suna lenkte mit äußerstem Geschick, brachte das Boot immer näher auf das zu, was die Bordinstrumente mit einer endlosen Blip-Folge bedachten.

»Was sagen deine Anzeigen?« fragte Lyroon, als sie so nah waren, daß das Objekt jeden Augenblick in Sichtweite geraten mußte.

»Eine metallische Verbindung«, sagte Suna. »Unglaublich kompakt. Die Dichte…«

Auch Lyroon konsultierte die Instrumente. »Wenn hier keine Fehlmessung vorliegt«, murmelte er, »erwartet uns eine Überraschung.«

»Umdrehen?« rutschte es Suna heraus.

»Nein. Jetzt sind wir soweit gegangen, jetzt schaffen wir auch noch…«

»Da!« Sunas Schrei unterbrach Lyroon. »Da ist es!«

In der Außenübertragung tauchte das Treibgut auf, das die Instrumente verrückt spielen ließ.

»No hamde na dii!« rann es ehrfürchtig über Lyroons Lippenwülste.

Seine Tochter war zu keinerlei Äußerung fähig.

Obwohl auch ihr vertraut war, was vor der JEZZEL, an den Grenzen der *Nacht,* dahintrieb.

»No hamde na dii!« leierte Lyroon noch einmal die heiligste

Gebetsformel seines Volkes herunter, mit der sonst geschätzte Verstorbene im *Schlund* versenkt wurden.

*

Er war vollkommen hilflos. Vollkommen wehrlos. Was hatte er getan?

Seine Verzweiflungstat war der letzte Strohhalm gewesen, an den sich ein Wächter in schier auswegloser Situation klammern durfte.

Ein Wächter war in der Lage, aus dem Stand heraus einen *absoluten Schritt* durch das übergeordnete Medium zu tun, durch das auch Schiffe transitierten.

Aber dieser widernatürliche Akt kostete sämtliche gespeicherten Energien, machte aus dem *Springer* nach der Rückkehr in den Normalkosmos einen Spielball für jeden, der ihn fand, bevor die langwierige Regenerationsphase wieder abgeschlossen war…

Er erinnerte sich noch an das um ihn herum vergehende Ringschiff, das er nur zerstört hatte, um die Gefügeerschütterung seiner Entmaterialisierung zu überlagern. Denn er wußte, wozu Erron 2 in der Lage war. Die Empfangskapazitäten der dortigen Antennen reichten Lichtjahrzehntausende in den Raum hinaus. Vielleicht noch weiter, bis hin in ferne Galaxien.

Er wußte nicht, ob sein Täuschungsmanöver lange von Erfolg gekrönt sein würde. Aber vorläufig blieb er unbehelligt. Zumindest von seinen erwarteten Jägern.

*

Suna starrte auf den roten Koloß, der auf dem Boden des Frachtraumes lag, umschlungen noch von den Maschen eines energetischen Netzes. Er rührte sich nicht. Aber es gab keinen Zweifel an seiner Identität.

»Vater – wie kann es sein…?«

»Still, Kind, ich weiß es nicht.« Lyroon, der ein Netz ausgeworfen und das Treibgut so an Bord geholt hatte, stand da und löste das Netz mit geübten Handgriffen auf.

»Er ist tot, oder?«

»Du sollst still sein!«

»Wie lange mag er schon hier draußen treiben? Seit… damals?« Suna dachte nicht daran, zu schweigen.

»Nein«, widersprach Lyroon vehement. »Er kann noch nicht lange hier sein. *Er ist gerade erst gekommen.* Die Geräte haben seine Ankunft angemessen.«

»Aber das hieße…«

»Was?« Seine Stimme klang schärfer als gewollt. Er bedauerte es sofort und entschuldigte sich bei seiner Tochter. »Ich bin überreizt. *Damit* konnte niemand rechnen.«

»Wenn sie wiederkommen, eines Tages, das hast du selbst mir erzählt, werden sie auch die Grenze beseitigen. Die *Nacht* wird enden. Wir werden wieder ein würdigeres Leben führen dürfen, nicht länger in der Isolation vegetieren müssen…«

»Weißt du, wie weh falsche Hoffnungen tun können?« fragte Lyroon eindringlich. »Hör auf damit. Wir wissen überhaupt nichts über den Grund oder die Ursache seines Erscheinens. Es ist nur einer. Damals… waren es Heerscharen.«

»Die Legenden übertreiben gern.«

»Und das sagt mir ausgerechnet ein Kind!«

»Ich bin kein *unwissendes* Kind mehr.«

Lyroon machte eine Geste des Einlenkens. »Du bist kein Kind mehr. Du bist alt genug, um das Handwerk zu lernen. Also bist du auch alt genug, um mitzureden. – Was schlägst du vor?«

»Wir bringen ihn nach Hause.«

»Vor den *Aalm?*«

Der Aalm war die höchste Autorität ihres Volkes. Ein Gremium aus Männern und Frauen, das demokratisch die Geschicke der Gesellschaft lenkte. Der Aalm war weise und wurde allseits respektiert. Auch von Lyroon und seiner Familie.

»Ja.«

»Wohlgesprochen, Tochter.«

Lyroon beugte sich über die wie leblos daliegende Gestalt. »Er ist viel wärmer als er es sein dürfte, bedenkt man, wo wir ihn herausgefischt haben.«

»Er hat kein… Gesicht.«

»Das hatten sie alle nicht. Auch die Statue, die uns noch heute an sie erinnert, besitzt keines. Ich gestehe, daß ich es fehlinterpretiert habe, weil ich dachte, es sei so modelliert, um die Retter in ihrer Gesamtheit zu ehren.«

»Es lag nahe.«

Lyroon ging nicht weiter darauf ein. »Er fühlte sich so… hart an. Als wäre er selbst nur eine Statue.«

»Und wenn es so wäre? Wenn er uns doch zurückgelassen wurde – schon vor urlanger Zeit?«

»Die Instrumente…«

»Du kannst dich geirrt haben.«

Ja, räumte Lyroon in Gedanken ein, *ich kann mich auch getäuscht haben.*

»Willst du, daß wir noch nach den Netzen sehen, bevor wir umkehren?« fragte Suna.

»Nein, natürlich *nicht.*«

*

Mein »Augenlicht« kehrt zurück. Meine amorphen Sinne erwachen. Ich treibe nicht mehr durch Kälte und Leere.

Ein Raum aus Metall. Atmosphärengemisch.

Ein Schiff?

Kein Schiff der Hohen jedenfalls, was mich beruhigt. Die Legierung ist der eines Ringschiffes, erst recht der meines Körpers *weit unterlegen.*

Wo also bin ich?

Oder besser: Wohin werde ich gebracht?

6.

Die Moogh

Vonnocks Wahrnehmung war weitestgehend zurückgekehrt, als sich das Schiff dem einzigen Planeten der hiesigen Sonne näherte. Die Fernsensoren registrierten seltsame Phänomene an den Grenzen des Systems. Verzerrungen des Kontinuums. Temporäre Anomalien waren hingegen nicht feststellbar.

Vonnock hatte keine Vorstellung, was dort vorging…

… wo er herkam?

Das fremde Schiff hatte ihn an den Grenzen des Systems aufgelesen. Dabei hatte es den Anschein, als befände sich die Sonne mit ihrem Planeten eingeschlossen in einer gigantischen Blase.

Eingekerkert, dachte Vonnock betroffen. *Wie ich.*

Die Besatzung des Schiffes bestand aus nur zwei Individuen. Vonnock hatte versucht, sich der Bordkommunikationssysteme zu bedienen, um mit ihnen in Kontakt zu treten. Zu seiner Verblüffung hatte er jedoch feststellen müssen, daß keine diesbezüglichen Gerätschaften vorhanden waren.

Daß interne Verständigung via Funk bei dieser geringen Besatzungsstärke vielleicht verzichtbar war, leuchtete ihm noch ein. Aber es existierte auch keine Möglichkeit, um Kontakt zum Heimathafen oder sonstwohin herzustellen.

Ein Raumschiff ohne eine wie auch immer geartete Funkanlage?

Die Wesen selbst waren Vonnock vollkommen fremd. Vergeblich hatte er in seinen Dateien nach Informationen über diese Spezies geforscht. Sie waren nur etwa halb so groß wie die Fanjuur – im Verhältnis zu seinem jetzigen Auftreten in Gestalt eines Wächters wirkten sie geradezu zwergenhaft klein und zierlich. Ihre Körper waren beinahe vollständig von einem kurzhaarigen Fell bedeckt; nur das Gesicht war frei davon.

Ja, *sie* hatten Gesichter.

Wunderschöne Gesichter.

Die nackte Haut war golden, die Sinnesorgane zur visuellen Wahrnehmung saßen am Ende von fühlerartigen Auswüchsen und gestatteten vermutlich eine ähnliche Rundumsicht wie sie Vonnocks Wächteraugen ermöglichten.

Über der kleinen Mundöffnung gab es eine ungefähr gleichgroße Fläche, die nur aus perforierter, hauchdünner Haut zu bestehen schien, die sich unablässig spannte, dann wieder lockerte, spannte, lockerte… vielleicht das Geruchsorgan.

Die Hände waren viergliedrig, zarter als bei einem Fanjuur, aber sehr viel grober als bei den verhaßten Qoorn.

(Die vielleicht gar nicht existierten? – Unsinn! Nicht alles war Lug und Trug, was in seinem Gedächtnis haftete!)

Das kleinere der beiden Geschöpfe steuerte das Boot mit großer Kompetenz. Die Technik war simpel, aber dadurch wohl auch wenig störanfällig.

Vonnock gewann nach und nach einen guten Eindruck von allem. Daß er in einer Art Laderaum lag, schränkte seine Erkundungen nicht sonderlich ein. Mühelos durchdrangen seine Sinne Wände und Decken, selbst die Hülle des Schiffes.

Behutsam tauchten sie in die Planetenatmosphäre ein.

Bewegen konnte Vonnock sich immer noch nicht.

Seine Blindheit war verflogen, aber ihn knebelte immer noch der Mangel an einer Vorrichtung, über die er in Kontakt mit seinen Rettern hätte treten können.

Retter.

In diesem Moment ahnte er noch nicht, welch hohe Bedeutung diesem Begriff tatsächlich innewohnte.

*

Der *Aalm* war in hellem Aufruhr. Ein Bote hatte die Nachricht von der Landung der JEZZEL nahe dem Regierungsgebäude überbracht.

Aber glauben... *glauben* konnten es die Angehörigen des Hohen Rates erst, als sie es mit eigenen Augen sahen.

Auch sie vermochten zunächst nicht zu sagen, ob es einer der mystischen Retter von einst war, der im Bauch der JEZZEL ruhte – oder nur die Plastik eines solchen.

Rasch wurde jedoch ein Beschluß gefaßt.

Und die Fischer Lyroon und Suna genossen das Privileg, den Transport zum Denkmal begleiten zu dürfen.

*

»Kannst du uns verstehen?«

Vonnock war beeindruckt.

Nicht er mußte mühselig Kontakt zu den Bewohnern der ihm unbekannten Welt aufnehmen – es gelang diesen aus eigener Anstrengung.

Nun, nicht ganz, wie sich herausstellte.

Man brachte Vonnock mit einem offenen Fahrzeug zu einer riesigen Statue, die unweit der Piste, wo das Schiff gelandet war, in den mittäglichen Himmel emporragte. Diese Statue bannte Vonnock vom ersten Augenblick an. Sie erschien ihm wie ein Ebenbild seiner selbst, nur um ein Vielfaches größer. Wie er besaß sie keinerlei Physiognomie!

Die gewaltige Figur stand auf einem mächtigen Sockel aus demselben Metall, aus dem die Hohen ihre Schiffe und Stationen bauten.

Diese Erkenntnis durchlief Vonnock wie ein Schock.

Was lag näher als die Befürchtung, daß eine Spezies, die in Kontakt mit den Hohen stand, auch gemeinsame Sache mit der INSTANZ machte – und ihn an diese ausliefern würde...?

Mit aller Anstrengung versuchte Vonnock, nicht länger nur die sinnliche Gewalt über seinen Körper zurückzugewinnen, sondern die Fähigkeit, endlich auch wieder zu *agieren.*

Doch der *absolute Schritt* hatte unglaublich viel Energie aufgezehrt, und der Neuaufbau ging nur schleppend vonstatten. Mit anderen Worten: Er war der Willkür dieser Wesen völlig ausgeliefert!

Doch dann, im Inneren des Sockels, erlebte er eine positive Überraschung.

»Kannst du uns verstehen?«

Diese Frage leitete ein Gespräch ein, das mit den vorrangigsten Irrtümern und Befürchtungen aufräumte.

»Ich kann euch verstehen.«

Seine Antwort sorgte für beinahe tumultartige Zustände in dem Sockelraum. Es hielten sich etliche Bewohner des Planeten darin auf, aber kein einziger trug eine offen sichtbare Waffe.

Dafür machte Vonnock bei einigen von ihnen eine andere, besorgniserregende Feststellung, die er jedoch zunächst unerwähnt ließ.

»Er lebt!« hörte er die verwunderten Rufe. »Er lebt tatsächlich!«

»Hattet ihr das nicht erwartet?«

Eine der Gestalten trat vor. Anhand der Kleidung und der stolzen Haltung nahm Vonnock an, es mit einem maßgeblichen Volksvertreter zu tun zu haben.

»Es ist lange her«, sagte das offenbar männliche Wesen.

Die Kriterien, die Vonnock zu dieser Einschätzung gelangen ließen, basierten einerseits aus seiner Erfahrung als Fanjuur, andererseits aus Wissen, das ihm aus dem nun vollends in die Passivität zurückgedrängten Programmgehirn des Wächterkörpers zufloß.

»Was ist lange her?«

»Daß ein Retter unter uns weilte.«

Die Kommunikation, stellte Vonnock fest, fand über ein Gerät statt, das fester Bestandteil der Sockeleinrichtung war. Es entstammte zweifellos den Arsenalen der Hohen.

Wie alles hier drinnen.

Was war das? Eine Basis?

»Was meint ihr mit Retter?«

Der Sprecher wirkte erstmals irritiert.

»Du bist sehr... bescheiden«, sagte er schließlich.

Vonnock beschloß einen vorsichtigen Vorstoß. »Habt ihr jemandem Meldung über mein Auftauchen gemacht?«

Der Fremde verneinte. »Wem hätten wir es melden sollen? Und wie?«

Die ganze Art und Weise, wie die Unterhaltung zustande gekommen war und geführt wurde, überzeugte Vonnock davon, daß er nicht hinters Licht geführt wurde.

Aber er brauchte mehr Informationen. Diese Wesen sahen in ihm etwas, was er nicht war. Zumindest nicht er persönlich. Offenbar leiteten sie ihren Glauben von seinem Erscheinungsbild ab.

»Wie nennt sich euer Volk?«

»Wir sind die Moogh.«

»Und wie heißt du?«

»Ich bin Aalert.«

»Mein Name ist Vonnock.«

»Die Moogh heißen Vonnock vom Volk der Retter willkommen!«

Zweifellos war die Rede von den *Wächtern.*

Vonnock zögerte, dann sagte er: »Erzählt mir, wovor meinesgleichen euch gerettet haben.«

»Du weißt es nicht?«

»Ich weiß es natürlich. Aber ich möchte prüfen, wieviel ihr noch davon wißt. Wie gut euch unsere Taten im Gedächtnis geblieben sind. Wie dankbar ihr euren Rettern wirklich seid...«

Er wählte bewußt Worte, die eine Art Prüfung suggerierten.

Offenbar klang es für die Moogh plausibel.

Und so erfuhr Vonnock vom Krieg zwischen Moogh und Makaasch. Von der Krankheit, welche die Makaasch über die Moogh gebracht hatten. Ein heimtückisches Virus, das das Leben der

Moogh völlig veränderte – und letztlich die Ursache dafür war, daß sie von den Rettern vom Rest des Universums isoliert wurden.

Die Retter, die eines Tages, als die Moogh schon keine Hoffnung mehr besaßen, im System der zwei Planeten erschienen, die Makaasch besiegten, aber die Seuche auch nicht besiegen konnten.

Sie konnten nur noch verhindern, daß andere Welten, weit draußen, ebenfalls davon infiziert wurden.

Und den Moogh die Hoffnung lassen, daß Überlebende der Folgegenerationen mit der Krankheit, die den Namen Soorenfieber erhielt, umzugehen lernten. Bis eines Tages…

Hier stockte der Bericht.

»Was ist?« fragte Vonnock ahnungslos.

Aalert schien innerlich zu erzittern. Es unterstrich die Bedeutung, die er seiner Frage zumaß.

»Dürfen wir dein Kommen«, klang es in Vonnock auf, »als Zeichen dafür werten, daß sich die Zeit unseres Martyriums endlich ihrem Ende entgegenneigt…?«

*

Mit Grauen begriff er, was wirklich um ihn herum vorging. Was über die Theorie der Legende, die er gerade erzählt bekommen hatte, *hinausging*.

Die Realität.

Die Realität waren todkranke Geschöpfe, die ihn umringten. Seine Sensorik arbeitete mittlerweile wieder auf einem Leistungsniveau, das ihm nicht länger verschwieg, was ihn zuvor schon stutzig gemacht hatte.

Als er Kranke gesehen hatte.

Kranke in den verschiedensten Stadien.

Den Namen ihrer Krankheit kannte er jetzt:

Soorenfieber.

Er fahndete in seinen Speicherinhalten nach diesem Begriff. Und wurde – was sein Entsetzen nur noch vergrößerte – fündig.

Denn er fand bestätigt, daß die Makaasch – die »Erfinder« dieser Seuche – einen Erreger gezüchtet hatten, gegen den sie auf Dauer nicht einmal selbst gefeit gewesen wären. Aber das hatten sie in ihrem Unverstand übersehen oder hingenommen. Sie waren wie blind begeisterte Kinder gewesen, die durch Zufall auf ein absolut perfektes Virus gestoßen waren.

Perfekt, was die tödlichen Eigenschaften anging.

Und sie hatten es gegen die Moogh zum Einsatz gebracht, lange bevor ihnen die Folgen in letzter Konsequenz klargeworden waren.

Als die Wächter auf das Geschehen in dem Zweiplanetensystem aufmerksam geworden waren und einschritten, hatten sie feststellen müssen, daß selbst ihren ungleich fortgeschritteneren Methoden zur Seuchenbekämpfung Grenzen gesetzt waren.

Letztlich hatten sie keinen anderen Ausweg gesehen, als eine Grenze zu schaffen. Eine Barriere, die niemanden mehr aus dem Moogh-System heraus- und ebenso sicher niemanden mehr hineinließ. Nur die Wächter besaßen den Schlüssel zur Überwindung der Grenze. Bei seiner Verzweiflungsflucht durch den Hyperraum hatte Vonnock offenbar unbewußt auf Koordinaten im Gedächtnis des Regulators zurückgegriffen.

So war er hierher gelangt. In ein System, in dem die Wächter vor urlanger Zeit *Gutes* getan hatten.

Dieselben Wächter, die zu Vonnocks Todfeinden geworden waren – weil er selbst nicht länger in Diensten Unbekannter – auch nicht, wenn es um eine gute Sache ging – stehen wollte! Nicht, wenn sein wahres Ich dabei so unterdrückt wurde, wie es offenbar der Normalität eines »Wächterlebens« und auf Erron 2 entsprach.

Er fragte sich auch, ob die Moogh in ihrer Abgeschiedenheit auch etwas von der sonderbaren Schockwelle im Hyperbereich mitbekommen hatten, welche letztlich zu seinem *Erwachen* und zum *Erkennen seiner Knechtschaft* geführt hatte.

Aber letztlich war das unerheblich.

*

»Dürfen wir dein Kommen als Zeichen dafür werten, daß sich die Zeit unseres Martyriums endlich ihrem Ende entgegenneigt?«

Aalerts Frage prägte immer noch die Atmosphäre im Sockel der Statue.

Hoffnungsvoll blickten die Moogh auf Vonnock.

Er flüchtete sich in eine Lüge.

»Um das herauszufinden«, sagte er, »bin ich gekommen.«

Entweder leistete das Gerät, das die Kommunikation ermöglichte, hervorragende Arbeit, oder Vonnocks Programmgehirn beinhaltete selbst die Möglichkeit, die Sprache der Moogh zu verstehen und sich darin verständlich zu machen.

Die Enttäuschung malte Linien auf nackte Gesichter. Gesichter, die ebenso golden schimmerten wie das Nichtgesicht der Skulptur, die sich in den Himmel der Moogh-Welt erhob.

»Herauszufinden?« echote Aalert. »Aber...«

Vonnock spann die Lüge weiter: »Die Grenze«, sagte er, »hat die Situation auch für uns erschwert. Es ist uns nicht mit letzter Gewähr möglich, von draußen sicher festzustellen, ob euer Zustand ihre Öffnung ohne Risiko für andere zuläßt. Deshalb bin ich entsandt worden. Aber die Passage hat auch mich geschwächt. Das war vorauszusehen. Ich werde einige Zeit benötigen, um wieder zu Kräften zu kommen und meine Untersuchungen aufnehmen zu können.«

Aalert machte eine unbestimmte Geste. »Wir verstehen«, sagte der Sprecher der Moogh. »Du kamst auch nicht über den Weg, den die Legende beschreibt. Offenbar... gab es Komplikationen.«

»Was meinst du?«

»Das Tor.«

Das Tor.

Vonnock beschloß, so zu tun, als verstünde er die Bedeutung von Aalerts Worten.

»Ja«, bestätigte er. »Es gab Komplikationen. Zeigst du mir das

Tor?«

»Natürlich.«

Aalert schritt im Gefolge der anderen Moogh auf eine Wand zu, in der sich durch bloße Annäherung ein Durchgang bildete. Er war hoch und breit genug, um Vonnock selbst aufrecht hindurchzulassen. Aber er lag immer noch auf der Transportplatte der Moogh, und auf dieser wurde er in den angrenzenden Raum geschoben.

Dahinter befand sich das, was Aalert als Tor bezeichnet hatte.

Ein Ringtransmitter der Hohen.

*

Der Anblick weckte Hoffnung und Bestürzung in einem.

Hoffnung, eine Möglichkeit entdeckt zu haben, das isolierte und abgeschottete System wieder verlassen zu können.

Bestürzung, weil die Ringantenne auch die Möglichkeit eröffnete, daß seine Verfolger ohne allzu großen Aufwand hierhergelangen konnten!

Sobald sie feststellten, daß er nicht im Glutatem der Explosion umgekommen war. Sobald sie die Fährte aufnahmen, die hierherführte.

Falls dies je geschah.

Vonnock war sich bewußt, daß dieser Fall zumindest nicht unwahrscheinlich war.

»Würdet ihr mich kurz allein lassen?«

»Warum?«

»Ich möchte das Tor überprüfen. Den Fehler finden, der mich zwang, den *beschwerlichen* Weg zu wählen.«

»Bist du dazu schon in der Lage?«

»Ich muß mich dazu nicht bewegen können.«

Der versammelte Aalm beratschlagte kurz.

Dann zog er sich wortlos zurück.

Die Tür schloß fugenlos.

Vonnock war erleichtert. Er analysierte den Zustand des Transmitters mittels seiner speziellen Sinne. Er war vollkommen intakt und konnte sowohl von dieser als auch von der anderen Seite aus jederzeit aktiviert werden.

Bis zu diesem Moment jedenfalls.

Mittels eines entsprechenden Signals änderte Vonnock den Modus.

Fortan war der Ring nur noch von *dieser* Seite aus nutzbar.

Als die Moogh später zurückkehrten, hatte er schlechte Nachrichten für sie.

»Das Tor bedarf einer komplizierten, zeitaufwendigen Reparatur. Die lange Zeit ist nicht spurlos daran vorübergegangen. Ich werde mich darum kümmern, wenn ich wieder bei Kräften bin. Und sobald ich meinen eigentlichen Auftrag aufnehme.«

»Du bist unser Gast.« Aalerts Augen verrieten, welcher Gefühlssturm dahinter tobte. »Lyroon hat sich angeboten, dich bei sich aufzunehmen, bis du wieder genesen bist. Und auch, sollte das dein Wunsch sein, darüber hinaus. Du kannst ihn um alles bitten, was deine Gesundung beschleunigt.«

»Lyroon?« fragte Vonnock.

»Der Mann, dem wir das Glück verdanken, daß du gefunden wurdest.«

7.

Der Schlund

»Er ist mir unheimlich.«

»Natürlich.« Lyroon nahm seine Frau in den Arm und lenkte sie aus der Tür des Containers, der unmittelbar neben ihrem eigenen Haus abgesetzt worden war. Er beinhaltete nicht viel, bot aber Unterkunft für den Riesen, den die JEZZEL aus dem All gefischt hatte.

»Ich kann mir nicht vorstellen, daß er lebt.« Aarna schmiegte sich noch enger an ihren Mann.

»Das konnte ich zuerst auch nicht. Aber er ist nicht wie du und ich. Er gehört einem fremdartigen Volk an, dem wir alles zu verdanken haben. Damals...«

»Auf mich«, hielt Aarna entgegen, »macht er den Eindruck eines *Dings*.«

Lyroon drückte sie zärtlich. »Weil er dem Ding gleicht, das wir seit Generationen verehren.«

»Das Denkmal der Retter.«

»Das Denkmal.« Lyroons Augen vermittelten nicht nur einen Eindruck der Umgebung, sondern erfaßten auch die gewaltige Statue, von der sich eine Miniaturausgabe hinter den silbrigen Wänden des Containers befand.

»Warum hast du Suna erlaubt, allein drinnen zu bleiben? Ich habe Angst um sie.«

»Der Retter würde ihr nie etwas tun.«

Aarna blieb stehen. »Weißt du das *genau*?«

»So sicher, daß ich ihn gerne bei uns im Haus gehabt hätte. Aber er würde alle Türen sprengen – von der Decke ganz zu schweigen.«

»Wir hätten ihn dem Aalm überlassen sollen. Unter Aufsicht der Regierung stellen.«

»Unter Aufsicht... wie das klingt.«

»Du bist zu gutgläubig. Ihr alle seid zu gutgläubig.«

»Und du zu mißtrauisch. Wie kannst du ihm böse Absichten unterstellen. Er gehört der Spezies an, die uns damals von den Makaasch befreite.«

»Und uns einsperrte. In einem riesengroßen Gefängnis – aber nichtsdestotrotz einem Gefängnis. Sie...« keuchte Aarna aufgebracht, »... nahmen uns die Sterne!«

»Weil wir eine Gefahr waren! Durch das, was die Makaasch uns angetan hatten.«

»Waren?«

»Ich bin zuversichtlich, daß wir bald wieder die Sterne sehen werden.«

Aarna krümmte sich leicht, fast wie unter einem körperlichen Schmerz. »Aber es hat sich nichts geändert. Das Soorenfieber ist immer noch unsere Geißel. Es bricht in jeder Generation aus. Wir haben Mittel und Wege gefunden, uns dennoch fortzupflanzen, es einzudämmen – aber nicht, es aus unserem Alltag zu entfernen. Es hat sich nichts geändert. Wir sind immer noch die Gefahr für andere Spezies, die wir damals waren. Wenn die Retter uns damals einpferchten, um andere vor uns zu schützen, können sie uns heute nicht herauslassen.«

»Natürlich hast du recht«, sagte Lyroon.

Aarna verlieh ihrem Erstaunen Ausdruck. »Du stimmst mir zu?«

»Ich glaube, Vonnock hat uns nicht die Wahrheit gesagt. Nicht die ganze Wahrheit jedenfalls.«

Ihre Verblüffung wuchs. »Dann mißtraust du ihm *auch?*«

Lyroon verneinte. »Im Gegenteil, ich unterstelle ihm die besten Absichten. Du hast recht, wenn du sagst, daß wir uns nicht verändert haben. Aber...«

»Aber?«

»... die Welt jenseits der *Nacht* hat es bestimmt. Die Uhren sind weitergelaufen. Die Retter waren gewiß nicht untätig. Was ihnen damals unmöglich war, muß ihnen heute nicht länger unmöglich sein.«

»Worauf willst du hinaus?«

»Ich glaube ihm«, sagte Lyroon mit Bedacht, »daß er gekommen ist, um Untersuchungen durchzuführen. Aber nicht, weil er glaubt, daß die Ergebnisse ihm sagen werden: Die Moogh sind kerngesund und keine Bedrohung mehr! Nein, zweifellos hat sich die Medizin der Retter weiterentwickelt, und er ist entsandt worden, um zu prüfen, ob neue Heilmethoden Aussicht auf Erfolg haben.«

»Und wenn nicht?«

»Wenn *was* nicht?«

»Erstens, wenn dies nicht der Grund für seinen Besuch ist. Zweitens, wenn du recht hast, aber auch ihre *neuen* Methoden nicht anschlagen würden. Wie würde unser ohnehin stark dezimiertes Volk diese neuerliche Enttäuschung verkraften?«

Lyroon bewies, daß er sich auch darüber bereits Gedanken gemacht hatte. »Überhaupt nicht. Es wäre unser Untergang«, sagte er. »Aber vielleicht noch zwei, drei Generationen ohne einen Fingerzeig der Retter, und es gäbe uns auch so nicht mehr. Ich habe beschlossen, mich der Hoffnung hinzugeben, daß Vonnock der Beginn einer neuen, goldenen Zukunft ist.«

Aarna dachte nach. Schließlich sagte sie, Lyroon wieder Richtung Haus schiebend: »Ich bin froh, vor vielen Jahren einem Mann wie dir begegnet zu sein. Suna vereint viele deiner Qualitäten in sich. Ich hoffe, ihr und dein Optimismus wird belohnt.«

»Das hoffe ich auch«, sagte Lyroon und strich zärtlich über ihren Rücken. »Für uns.«

*

Vonnock fühlte sich wie in einen sterilen Schiffshangar versetzt.

Der Container war kaum behaglicher. Aber wenigstens war er darin nicht einsam, der *Fanjuur* im Körper eines Robots. Die junge Moogh Suna vertrieb ihm die zäh verrinnende Zeit der Regenerierung. Auch andere besuchten ihn – Sunas Eltern, Angehörige des Aalm, Wissenschaftler der Moogh – aber zu Suna entwickelte sich das innigste Verhältnis. Sie erinnerte ihn in vielem an das, was er über seine eigene Kindheit zu wissen glaubte.

Und sie war hemmungslos neugierig.

»Wieso«, fragte sie gleich am ersten Tag seiner Unterbringung im Container, »sind die Retter immun gegen das Soorenfieber? Und war es ihnen damals nicht möglich, den Grund für ihre Immunität zu ermitteln – und daraus ein wirksames Heilmittel zu entwickeln?«

»Weil«, antwortete er ihr bereitwillig, »wir nicht wie andere intelligente Völker in der Galaxis sind. Wir sind völlig anders. Uns kann deshalb die Seuche nichts anhaben, weil uns keine Krankheit befallen könnte. Wir besitzen Körper, die durch Feuer gehen, im luftleeren, eisstarren All überleben können – was du ja selbst bezeugen kannst – und vieles andere mehr.«

Das hatte Suna den Atem verschlagen.

Kurz.

Seither stellte sie ihm immer neue Fragen, von denen er nicht alle offen beantwortete, weil sie zu weit gingen, an Dingen rührten, die auch dieses Moogh-Kind nicht – niemals! – erfahren durfte. Aber Vonnock gewann sie regelrecht lieb.

So vergingen einige Planetentage, in denen er auf geheimen Wegen neue Energien für sich abzapfte. Aus dem Medium heraus, das sie ihm auch gestohlen hatte: dem Hyperraum.

Niemand außer ihm selbst bemerkte etwas davon. Aber bald verblüffte er Suna bei einem ihrer Besuche damit, daß er *stand*.

Das nächste Mal, daß er ein paar Schritte *ging*.

Und irgendwann verließ er in ihrer Begleitung das erste Mal den Container.

*

Es war Abend. Bläulicher Schimmer erhellte die Dächer der Stadt, die sich bis zum Horizont erstreckten. Der Ursprung des Lichts war nicht ersichtlich. Die Sonne war bereits untergegangen, und am Himmel selbst leuchtete ein bizarres Puzzle, das *fahlen* Schein zur Oberfläche sandte: die Reste des in den Makaasch-Kriegen zerstörten Mondes.

Vonnock und Suna waren nicht wirklich allein, als sie sich ins Freie begaben. Vertreter des Aalm hatten Wohnungen rund um das Haus des Fischers bezogen. Hie und da schlenderten auch neugierige Moogh aus der Nachbarschaft. Aber sie blieben dezent im Hintergrund. Jeder respektierte den besonderen Status, der den Rettern – und also auch Vonnock – zugebilligt wurde.

»Was ist das für ein seltsames Licht über den Dächern?« fragte Vonnock.

Suna trug ein mobiles Gerät an einer Kette um den Hals, das die Kommunikation zwischen ihnen ermöglichte. Alle Besucher trugen solche Geräte. Sie waren in einer Vitrine des Statuensockels hinterlegt gewesen und noch voll funktionstüchtig. Wahrscheinlich hatten sie schon zu Kriegszeiten den damaligen Moogh zur Verständigung mit den Rettern gedient. Die Technik entsprang den Produktionsstätten der Hohen, vielleicht waren die Geräte sogar auf Erron 2 hergestellt worden. Vonnock wußte es nicht. Die Welt der Wächter barg auch für ihn manches Rätsel. Er wußte nur soviel, wie einem Wächter zu wissen *erlaubt* war.

In den Phasen, da er hilflos daniedergelegen hatte, war mehr als einmal die Befürchtung in ihm erwacht, das künstliche Ego seiner Hülle – der Regulator – könnte sich seine Schwäche zunutze machen und die Oberhand erringen. Doch das Programmgehirn schwieg.

»Das Licht?« fragte Suna und spähte in die Richtung, in die Vonnock mit einem seiner wuchtigen Arme wies. »Du meinst den *Schlund*?«

Das Wort elektrisierte den Fanjuur förmlich. Weil er es kannte – nur in anderem Zusammenhang.

In Verbindung mit seinen Träumen.

Der Schlund... das Sterbebecken... seine fiktive Unterhaltung mit einem fiktiven Nächsten, *den er nie gezeugt hatte...*

... oder doch?

»*Schlund?*«

»Das einzige Tor«, sagte Suna, »das uns niemand nehmen kann, und durch das wir alle eines Tages in eine bessere Welt wechseln werden – selbst wenn du uns nicht befreist.«

Ein unbeschreibliches Gefühl durchfloß Vonnock. Suna hatte gerade offenbart, daß sie keineswegs so felsenfest auf ihn baute, wie dies offenbar der Aalm tat.

Konnte ein Kind klüger als ein ganzer Rat von Erwachsenen sein?

Er dachte kurz an t'Vonn – den fiktiven t'Vonn, und er schämte sich seines Traumes, in dem er den rebellischen Sproß... ja, *in dem er ihn getötet hatte*, weil – weil...?

Es war nur ein Traum! beruhigte er sich. Dann lenkte er seine Gedanken auf den *Schlund* zurück. Falls er das war, was Vonnock sich darunter vorstellte, gab es ein neues Rätsel; eine Frage mehr, die ihm wahrscheinlich niemals beantwortet würde.

»Du redest vom Tod?« fragte er. »Vom Sterben?«

»Ja.«

»Wie geht ihr mit euren Toten um?«

»Wir waschen und salben sie, ziehen ihnen ihre besten Kleider an, bahren sie auf, verabschieden uns von ihnen mit einer Feier – und schicken sie durch den *Schlund.*«

Das, dachte Vonnock betroffen und verständnislos zugleich, *ist nicht* eure *Art, Tote zu bestatten, kann es nicht sein – es ist die Art der Fanjuur...!*

Zumindest behauptete das seine Erinnerung.

Er war verunsichert, und Suna schien es zu spüren.

»Willst du den *Schlund* sehen?« fragte sie.

»Meinst du, das wäre möglich?«

»Für dich«, sagte sie, und es klang wie ein Ausbruch kindlichen Übermuts, »wird doch *alles* möglich gemacht.«

*

Obwohl ihm die Neugier keine Ruhe mehr ließ, wartete Vonnock weitere Fortschritte in seiner Befindlichkeit ab, ehe er mit Suna zusammen die Reise zum *Schlund* antrat.

Natürlich war es nicht wirklich eine Reise – der *Schlund* lag am anderen Ende der Stadt, halbrund eingekesselt von Bergen – aber die lange Zeit der Lähmung hatte eine Bewußtseinsveränderung in Vonnock herbeigeführt.

Der Aalm, dessen wachsende Ungeduld spürbar wurde, schöpfte Hoffnung, als er von Vonnocks Entschluß erfuhr, den Container nun endgültig zu verlassen und sich seiner Aufgabe zu widmen. Das Interesse des Retters für den *Schlund* wurde hingenommen. Offenbar sah man eine Art Selbsttest darin: Der Retter wollte sich vergewissern, daß er wieder im Vollbesitz jener Kräfte war, die die Passage ihm geraubt hatte.

Suna begleitete Vonnock auf einem kleinen, von Elektromotoren betriebenen, vierrädrigen, offenen Fahrzeug. Die junge Moogh hätte nicht Schritt halten können mit Vonnock, und für einen Fußmarsch war die eigentlich kurze Strecke fast schon zu weit.

Sunas Eltern hatten die Erlaubnis erteilt. Lyroon, ihr Vater, hatte am Vorabend den Container noch einmal allein aufgesucht und die eindringliche Bitte an den »Retter« gerichtet, seine Tochter schonend zu behandeln, ihr geringes Alter zu beachten und Rücksicht zu üben.

Vonnock hatte Lyroon beruhigt. Suna, erklärte er ihm, genieße seine Sympathie und seinen persönlichen Schutz.

Mehr hatte er ihrer Familie nicht anbieten können. Der Rest erforderte Vertrauen.

Das ich so oder so enttäuschen werde. Nicht Suna betreffend, aber die Moogh in ihrer Gesamtheit...

Es war früher Morgen an einem klaren Tag, als die beiden ungleichen Gestalten durch die leeren Straßen der Stadt fuhren, um deren anderes Ende zu erreichen.

Es war die letzte Stadt der Moogh, wie Vonnock inzwischen wußte. Die Überlebenden des Fiebers hatten sich immer mehr zentralisiert; es gab noch wenige verstreut lebende Familien, Eigenbrötler, die sich auch nicht an den Wahlen beteiligten, mit denen die Zusammensetzung des Aalm in siebenjährigem Turnus neu gestaltet wurde. Dennoch war der Planet ein fast paradiesischer Flekken. Das wenige, was die Moogh von seiner immensen Fläche nutzten, wirkte wie ein Park. Weite Teile ihrer Welt wurden ohnehin von Ozeanen beherrscht, in deren Tiefe laut Suna noch heute unentdeckte Arten lebten, von denen ab und zu Kadaver an den Küsten angeschwemmt wurden; besonders nach schweren Stürmen, die auch die Meere aufwühlten und zerpflügten.

»Ihr habt euch aufgegeben«, hatte Vonnock ihr bei dieser Gelegenheit vorgeworfen. »Wo ist eure Wißbegierde geblieben? Wenn ihr noch nicht einmal wissen wollt, was sich in den versteckten Tiefen eurer Welt verbirgt, wozu wollt ihr dann die Sterne zurück?«

Sie hatte betroffen gewirkt, aber nichts darauf erwidert.

*

Sie verließen die Stadt und folgten dem blauen Leuchten, das von den Bergen her kam. Es stieg zwischen ihnen empor.

Und Vonnock entdeckte den Ursprung, den *Quell* mittels seiner besonderen Sinne lange bevor er tatsächlich ins Blickfeld rückte und für normale Augen sichtbar wurde.

Als Suna sagte: »Da vorn!« wußte er längst, daß er sich nicht getäuscht hatte.

Er kannte den *Schlund.*

Diesen *Schlund.*

Es war derselbe wie in seinen Träumen auf Erron 2, derselbe, von dem t'Vonn gesprochen hatte, als er meinte, er werde Vonnock für alle Zeiten verwehrt, wenn bekannt würde, daß er widerrechtlich Q-Waffen in seinem Hause horte...

Q-Waffen.

Qoorn.

Der Nanoanzug.

Der Anblick des *Schlundes* stürzte ihn in eine erneute Identitätskrise – schlimmer noch als auf Erron 2 während seiner Auseinandersetzung mit der INSTANZ.

Obwohl diese ihm das Vorhandensein eines »merkwürdigen Gebildes« an seinem Originalkörper bestätigt hatte, geriet er ins Wanken darüber, ob er nicht auch in diesem Punkt betrogen worden war.

Was von seinem Glauben an ein Reich der Fanjuur entsprach tatsächlich der Realität – und was hatte man ihm *suggeriert*, um seinen Wächterschlaf »rege« zu gestalten...?

Es gab Fragen, auf die ein Lebewesen nie Antworten erhielt.

Offenbar gehörten diese, was ihn anging, dazu.

»Was sagst du dazu?« fragte Suna, den Blick auf das blaue Wabern gerichtet, das fanjuurische Tote desintegrierte und den Seelen half, sich von den zerfallenden Hüllen zu lösen, damit sie leichteren Eingang in die nächsthöhere Existenzebene erhielten.

Fanjuurische Tote...

Er war hier bei den Moogh!

Er wußte nicht, was er erwidern sollte, suchte nach einer Ausflucht und war in Gedanken bereits von hier zum Sockel der Statue geeilt, um den Transmitter zu aktivieren, ganz gleich, wo die *andere* Seite des Rings auch liegen mochte, und sich davonzustehlen.

Die Moogh würden nie wieder frei sein.

Sie würden sterben.

Aussterben.

Bei Licht besehen, glaubte Vonnock längst nicht mehr, daß die »Retter« diesem Volk etwas *Gutes* getan hatten.

Sie hatten getan, was *sie* – oder die dahinterstehenden Hohen – für gut hielten.

»Sag endlich etwas!«

In diesem Augenblick näherte sich von der Stadt her mit leisem Summen ein anderes Fahrzeug, größer als das, auf dem Suna Platz genommen hatte.

Es trug das Emblem des Aalm, des Hohen Rates.

Vonnock war regelrecht erleichtert über die Störung. Statt Suna zu antworten, machte er sie auf das herannahende Vehikel aufmerksam. Ihre zartgoldenen Züge verhärteten. Sie hatte ihn durchschaut, drängte aber nicht weiter.

Das Fahrzeug hielt in nächster Nähe. Aalert stieg aus.

»Warum hast du uns nicht gesagt, daß du deine Entscheidung gefällt hast?« wandte er sich über seinen Kommunikator direkt an Vonnock.

»Entscheidung?« echote der Fanjuur.

»Daß alles gut ist. Daß es keinen Grund mehr gibt, die *Nacht* länger aufrechtzuerhalten.«

Vonnock verstand immer noch nicht.

»Was meinst du damit?«

»Die Überraschung«, sagte Aalert am ganzen Leib bebend, »ist dir prachtvoll gelungen. Der Riß, der sich gebildet hat, ist bereits gigantisch. Und etwas... etwas dringt durch ihn hindurch zu uns...! – Erweise uns die Ehre und begleite mich zur Residenz, um es dir mit uns zusammen anzusehen, Retter!«

*

Vonnocks Instinkt riet zur sofortigen Flucht. Dennoch folgte er Aalert zum Ratsgebäude, wo ein gewaltiger Bildschirm aufgebaut worden war. Eine riesige Menge Moogh hatte sich davor und in den Zugangsstraßen versammelt, vielleicht die ganze Bevölkerung der Stadt. An vielen war die Soorenkrankheit zu erkennen. Dennoch bejubelten auch sie Vonnocks Ankunft auf dem Vorplatz.

Was er befürchtet hatte, sah er auf dem Monitor bestätigt.

Offenbar besaßen die Moogh ein ausgeklügelteres Raumüberwachungssystem als angenommen. Zumindest waren sie in der Lage, Vorgänge dieser Größenordnung draußen an der Dunklen Grenze ihres Heimatsystems auszumachen.

Auch Vonnock sah den Spalt, den *Riß*, von dem Aalert geschwärmt hatte.

Inzwischen war auch deutlich sichtbar, was durch den zerrissenen Vorhang auf dem Weg zum Planeten war: Schiffe.

Schiffe, wie sie in der ganzen Galaxis nur eine einzige Spezies baute: ringförmig und majestätisch in ihrem beinahe wie auf unsichtbaren Wellen dahingleitenden Flug.

Es war geschehen!

Vonnock hegte keinerlei Zweifel, daß *er* die wahre Ursache des Geschehens an der Grenze kannte.

Offenbar war sein Trick doch durchschaut worden. Und nachdem er selbst den Transmitterring im Sockel der »Retter«-Statue versiegelt hatte, war die INSTANZ auf die Einsatzschiffe der Wächter ausgewichen, um zu dem Abtrünnigen zu gelangen.

Offenbar hatte nicht einmal die *Nacht* seine Rematerialisierung und die damit verbundene Gefügeerschütterung ausreichend filtern können.

Sie haben sich Zeit gelassen, dachte Vonnock schwerfällig. *Vielleicht wollten sie mich sogar in Sicherheit wiegen.*

»Was ist?« fragte Suna, die immer noch bei ihm war. »Du sagst gar nichts. Wenigstens mich hättest du einweihen können...«

Sie verstand es so wenig wie alle anderen.

Wie hätte sie auch verstehen sollen?

»Ich kann nicht länger bleiben«, teilte er ihr mit. »Verzeiht mir, daß ich euch angelogen habe...«

Er wandte sich ab.

Moogh, die ihn sahen, fragten sich, was er vorhatte.

Moogh, die ihn »gehört« hatten, glaubten, er meine mit »Lüge«, daß er ihnen die Überraschung nicht hatte verderben wollen.

Auch Suna.

Zunächst jedenfalls.

Doch dann bemerkte sie die Panik in seinen Bewegungen – Panik in seiner Flucht hin zur Statue.

Sie versuchte sich Gehör zu verschaffen. Aalert stand nah bei ihr.

»Etwas stimmt nicht. Ich fürchte…«

»Nur ruhig, mein Kind. Er will uns zusammen mit seinesgleichen entgegentreten. Vielleicht empfängt er sie bei der Statue… du brauchst dir keine Sorgen zu machen.«

Er begriff seinen Irrtum erst, als die ersten Ringe über der Stadt standen und es Gestalten regnete, die *aussahen* wie Vonnock – die sich aber ganz anders benahmen.

8.

Ultimatum

Fieberhaft versuchte Vonnock, den Transmitterring der Hohen im Sockel der Statue zu aktivieren. Die Veränderungen, die er vorgenommen hatte, um ihn für die Dauer seiner Schwächung unbenutzbar zu machen, waren bereits beseitigt. Und dem Wissensvorrat des Programmgehirns entströmte, welche Justierungen nötig waren, um die Energie im Rahmen der Antenne auflodern zu lassen. Energie, die wie ein Vorhang aus fließendem Wasser aussah...

Aber soweit kam es nicht.

Vonnock begriff spät, daß die ankommenden Schiffe etwas damit zu tun haben könnten.

Daß sie Störimpulse sandten.

Und nicht nur das.

Wie die Moogh, die über mobile Kommunikatoren der »Retter« verfügten, empfing auch Vonnock das Ultimatum der Wächter: »WENN DU DICH BINNEN... (es folgte eine Zeitangabe, die Vonnock *verstand* – die Moogh hingegen konnten höchstens *erahnen,* daß es sich um eine sehr kurz bemessene Frist handelte) ERGIBST, ZIEHEN WIR AB, OHNE STRAFMASSNAHMEN AN DER BEVÖLKERUNG DURCHZUEXERZIEREN. ERGIBST DU DICH NICHT, BEGINNEN WIR UMGEHEND MIT DER VERWÜSTUNG DES PLANETEN, ABTRÜNNIGER!«

*

Die Worte hallten noch in Suna nach.

Und in Aalert, dessen Züge verkrampften.

»Aber«, keuchte er, »es sind die *Retter* – wie können sie… wie können sie uns *drohen*? Ich verstehe nicht, worum es geht. Vonnock…«

»Vonnock fürchtet sie. Wir müssen ihm helfen!« platzte es aus Suna heraus.

»Kind, du weißt nicht…« Aalert stockte. Dann sagte er heiser: »Er ist ein Betrüger! Ein… Verbrecher! Sie nennen ihn *Abtrünniger*. Offenbar… wurden wir die ganze Zeit belogen…!«

Suna aber erinnerte sich der langen Gespräche mit Vonnock. »Er hat uns nie bedroht«, sagte sie. »*Sie* tun es. *Sie denken nicht daran, die* Nacht *von uns zu nehmen!«*

Das hatte auch Aalert, das hatte inzwischen jeder begriffen, dem die Drohung zu Ohren gekommen war. Unruhe entstand unter der Bevölkerung, ein hochexplosives Gemisch aus Angst und Zorn.

Die Ringe hingen unverändert am Himmel über der Stadt. Das Licht der Mittagssonne brach sich in ihnen. Sie sahen erhaben aus. Wie die Fahrzeuge von Göttern. Genau, wie die Legenden sie beschrieben.

Aber hatten sie sich nicht auch von Vonnocks Äußerem blenden lassen?

Aalert schöpfte alle Möglichkeiten, die sein Volk besaß, aus, um zu versuchen, Kontakt zu den Schiffsbesatzungen herzustellen.

Aber sie scheiterten daran, daß die Schiffe offenbar gar nicht mit den Moogh verhandeln wollten. Sie waren nur wegen eines einzigen gekommen: Vonnock.

Der sich in den Sockel der Statue zurückgezogen hatte.

Wo das *Tor* lag, von dem er behauptete, daß es unbrauchbar wäre.

Suna glaubte inzwischen auch dies nicht mehr vorbehaltlos.

Sie *hoffte* regelrecht, daß es nicht der Fall war und Vonnock diese Hinterlassenschaft der Retter von damals dazu nutzen würde, sich seinen Jägern zu entziehen.

Ihre Gefühle ihm, dem Fremden, gegenüber waren völlig irrational.

Und kontraproduktiv. Immerhin ging es um das Schicksal ihres Volkes, folglich auch um ihr ganz persönliches...

Plötzlich schien sich die Farbe der Ringe am Himmel leicht zu verändern.

»Was passiert jetzt?« fragte Suna. Sie suchte nach ihren Eltern, fand sie aber nicht in der unruhig wogenden, wild durcheinanderschreienden Menge.

»Ich weiß es nicht sicher.« Aalert sah aus, als litte er unter Soorenfieber im Endstadium. »Aber ich fürchte, die Frist, die sie Vonnock setzten, ist gerade abgelaufen. Sie beginnen jetzt mit der Zerstörung...«

*

Eine erneute Flucht in den *absoluten Schritt* kam nicht in Frage.

Allein deshalb schon nicht, weil Vonnock nicht noch einmal durchleben und durchleiden wollte, was einem solchen Notsprung aus dem Stand folgte.

Völlig erholt hatte er sich noch nicht einmal vom letzten.

Aber das war nicht der vorrangige Grund, darauf zu verzichten.

Die Moogh waren es.

Die Moogh waren Todeskandidaten, einer wie der andere, aber sie hatten sich mit dem Sterben arrangiert und mit der Seuche in gewisser Weise leben gelernt.

Eines nicht mehr allzu fernen Tages würde es diese bewahrenswerte Spezies nicht mehr geben.

Aber das durfte nicht schon heute passieren!

Als seine Wächtersinne ertasteten, wie die Ringschiffe über der Stadt begannen, ihre Geschützantennen zu aktivieren und auf Ziele auszurichten, reagierte Vonnock völlig uneigennützig. Und es tat ihm wohl bei dem Gedanken an Suna, an Lyroon, an Aalert – und wie sie alle hießen.

Er glaubte nicht mehr an eine Chance, diese Hülle je wieder abschütteln zu können, um in seinen natürlichen Körper zurückzukehren. Der einzige Weg, sich ihrer zu entledigen, bestand in dem, was ihm von den anderen Wächtern draußen blühte: die erbarmungslose Zerstörung. Auch seiner Seele.

Dazu war er bereit.

»ICH KAPITULIERE!«

Mit diesem Ruf verließ er den Sockel.

Und wartete auf die Einschläge aus den furchtbaren Waffen seiner Jäger.

*

Die Lage am Himmel entspannte sich.

In dem Moment, als der rote, gesichtslose Riese – der zugleich im Schatten der Statue wie ein Zwerg anmutete – aus dem Sockel ins Freie trat.

Suna fühlte einen Stich im Herzen, obwohl sie hätte erleichtert sein müssen.

Sie hörte, wie Aalert und eine Anzahl von Moogh neben ihr lautstark aufatmete.

Wie sehr sie doch an ihrem Leben hingen – selbst an diesem.

Aus der Menge näherten sich zwei vertraute Personen: ihre Eltern.

»Suna…!«

Sie machte eine matte Geste und zeigte dann zu Vonnock hinüber. Schwankend stand sie da und bettelte ihren Vater an: »Sie *dürfen* ihm nichts antun! Er wollte niemandem schaden!«

Sie wußte selbst nicht genau, ob das stimmte. Und sie fürchtete die Frage, woher sie diese nach außen demonstrierte Überzeugung nahm.

Statt dessen nahm ihr Vater sie ihn den Arm und flüsterte: »Ich weiß. Aber wir können nichts tun. Gar nichts. Sieh sie dir an. Sieh dir die Macht an, die sie verkörpern.«

Über die ganze Stadt verstreut standen Gestalten wie Vonnock.

Sie waren auf unsichtbaren Polstern gelandet, wie herabschwebende Blätter. Seither verharrten sie reglos, als warteten sie auf Befehle. Darauf, daß das Ultimatum ungenutzt verstrich...

»Er läßt nicht zu, daß sie uns für etwas bestrafen, wofür wir nicht verantwortlich sind«, meldete sich Aarna zu Wort. Sie kannte Vonnock am wenigsten. Daß sie dennoch Partei für ihn ergriff, entzündete ein warmes Feuer in Sunas Brust.

Dankbar schlang sie den Arm auch um sie.

»Sie werden ihn doch hoffentlich nicht töten...?«

»Ich weiß es nicht, mein Kind.« Lyroon wählte die Aufrichtigkeit.

»Ich möchte noch einmal mit ihm sprechen. Mich... mich verabschieden...«

»Versuch es. Aber akzeptiere, wenn er schweigt.«

Zitternd aktivierte Suna den Kommunikator.

*

»Hörst du mich?«

Noch während er auf die sengenden Strahlen wartete, die das Urteil der INSTANZ vollzogen, erklang Sunas Stimme in ihm.

Er wußte sofort, daß sie es war, obwohl die Technik, derer sie sich bediente, keine »stimmlichen« Nuancen zuließ.

»Ich höre dich.«

»Was hast du getan, daß sie dich so behandeln?«

»Ich bin dem Wahnsinn verfallen.«

»Dem Wahnsinn?«

»Nach ihrer Definition, ja.«

»Und das bedeutet?«

»Das kann ich dir nicht mehr erklären. Dazu bräuchte ich Zeit. Nur eines: Gab es in jüngster Zeit einen Vorfall, den ihr euch bis heute nicht erklären könnt?«

»Wir verloren alle unser Bewußtsein – eine Weile bevor wir

dich fanden. Aber wir erwachten, ohne daß wir Schaden davongetragen hätten.«

»Habt ihr herausgefunden, was euch in die Ohnmacht trieb?«

»Nein.«

»Ihr habt mich nie danach gefragt«, sagte Vonnock, »und ich hatte vergessen, euch danach zu fragen.«

»Weißt du es?«

»Ich weiß, daß die Ursache eurer Ohnmacht auch die Ursache meines Defektes ist. Oder dem, was mir als Rebellion angekreidet wird.«

Suna schwieg kurz. Dann fragte sie: »Die *Nacht* wird nie für uns enden, oder?«

»Willst du das wirklich wissen?«

»Ja.«

»Sie wird erst enden, wenn ihr durch den *Schlund* gegangen seid.«

»Hast du keine Angst vorm Sterben?«

Bevor Vonnock antworten konnte, durchfuhr ihn ein seltsames Kribbeln. Er sah, daß sich ihm ein Pulk von Wächtern näherte, die ein Absorptionsfeld um ihn herum zu errichten begannen. Sie wußten nicht, daß er für sich selbst den neuerlichen *absoluten Schritt* ausgeschlossen hatte und wollten dem vorbeugen.

Er glaubte noch, Sunas Schrei in sich zu hören: »Vonnock! Vonnock! Wenn du mich noch hören kannst: Ich werde dich nie vergessen!«

Ich dich auch nicht.

Eine andere Stimme klang in ihm auf. Sehr viel stärker und noch sehr viel endgültiger als Sunas Lebewohl:

»DU WIRST NIE WIEDER SCHADEN ANRICHTEN!«

»Worauf wartet ihr noch«, gab er zurück. *»Vernichtet mich! Aber macht schnell!«*

»DAS«, erwiderte die seelenlose Stimme, »WÄRE ZU EINFACH.«

Ein simpler Satz, der ihn mehr schockierte als jede Todesdrohung.

»Was habt ihr mit mir vor?«

»WARTE ES AB.«

Vonnock fühlte sich von unsichtbaren Kräften angehoben und über die Dächer der Stadt getragen.

Zunächst glaubte er, man würde ihn an Bord eines der Schiffe bringen.

Doch dann erkannte er seinen Irrtum.

Der *Schlund*.

Sie brachten ihn zum *Schlund*!

*

Warum sollte er sterben wie ein Moogh?

Oder ging es darum, wie ein *Fanjuur* zu sterben?

War dies das letzte Zugeständnis der INSTANZ an den aus ihrer Sicht entarteten Wächter?

Vonnock wußte nicht einmal mehr, ob sein Volk in Wirklichkeit den Totenkult gepflegt hatte, der so eng mit dem *Schlund* verknüpft gewesen war – oder ob das nur in seinen Träumen so war. Es erschien ihm höchst unwahrscheinlich, daß zwei grundverschiedene Völker, die noch dazu nie miteinander in Berührung gekommen waren, dieselbe Methode des Abschiednehmens von ihren Verstorbenen praktizierten.

Konnte der *Schlund* auch einem Wächterkörper etwas anhaben?

Ganz offensichtlich. Sonst wäre er nicht das Ziel des Wächterpulks gewesen!

Normalerweise versenkte man Tote in dem energetischen Moloch. Tote spürten, zumindest auf körperlicher Ebene, nichts mehr. Wie aber mochte es für einen Lebenden sein, in diesen mahlstromartigen Rachen gestürzt zu werden?

Vonnock tröstete sich damit, daß auch sein Körper eigentlich tot war.

Vielleicht wartete sogar die Befreiung auf ihn.

Die Erlösung.

Ging er nicht denselben Weg wie die Toten? In die heiligen Gründe? Wartete auf seine Seele nicht ein Ort, an dem sie ewig existieren würde, losgelöst von den Fesseln einer Hülle...?

Die Stadt und ihre letzten Bewohner entrückten mehr und mehr seiner Wahrnehmung. Er schaltete sämtliche Systeme ab, die ihn mit der Außenwelt verbanden.

Am Ende war er blind.

Das letzte, was er sah, war der rotierende *Schlund*, über dem die anderen Wächter ihn losließen.

Er selbst unternahm keinen Versuch, den Absturz zu verhindern.

Er wollte nicht mehr.

Wenig später tauchte er ein in das wabernde Desintegratorfeld, das seine Farbe verändert hatte.

Unmerklich.

Vonnock bemerkte nicht mehr, wie die Wächter, die ihn schon bis hierher begleitet hatten, ihm auch in den *Schlund* nachfolgten.

9.

Am Protosee

Die Welt war stählern.

Die Welt war blau.

Vonnock schrie innerlich auf vor Enttäuschung. Ja, Enttäuschung! Das bewußte Sein überhaupt noch einmal zu erleben, hatte er sich an einem anderen Ort gewünscht. Auf einer anderen Ebene...

Aber dies war definitiv nicht das Leben nach dem Tod!

Er wußte nicht, warum, und er wußte nicht, wie er hierher gelangt war, aber er hätte geschworen, sich wieder auf Erron 2 zu befinden.

Die einzige Erklärung, die ihm dafür auf Anhieb einfiel, war, daß auch die Moogh-Episode nur ein Produkt seiner manipulierten Vorstellung gewesen war.

Ihn graute.

Er sah sich um.

Entdeckte das wabernde Feld einer aktivierten Ringantenne, das ihn zum erstenmal an die Urgewalten erinnerte, die sich in einem *Schlund* ereigneten.

Er lag auf einem Band, das ihn zügig vom Transmitter wegtrug. Auf eine Öffnung in der Wand zu.

Doch er erreichte sie nicht.

Der Transmitter spie andere Wächter aus.

Und ganz allmählich erwachte das Begreifen in Vonnock.

Auch wenn er weit davon entfernt war, zu *verstehen.*

*

Der unsichtbare Strom, der Vonnock davontrug, geriet ins Stocken. Die Wächter schwebten heran und nahmen ihn in ihre Mitte, so wie sie es bei den Moogh getan hatten, um ihn zum *Schlund* zu schaffen.

Vonnock öffnete seinen Kommunikationskanal.

»Was habt ihr mit mir vor?«

Er erhielt keine Antwort, fühlte aber, daß das Dämpfungsfeld, mit dem sie seine Flucht in den *absoluten Schritt* unterbunden hatten, erloschen war.

Warum?

Weil es andere Sperren gab, die dies verhinderten?

Vonnock hatte nicht vor, es zu erproben. Immer noch nicht. Es fiel ihm nur schwer, sich von der Todesnähe zu lösen, die er beim Sturz in den *Schlund* empfunden hatte.

Die Realität, in der er sich wiederfand, war beklemmend banal.

»Warum habt ihr mich nicht vernichtet?«

»DARÜBER ENTSCHEIDEN NICHT WIR.«

Erstmals erhielt er eine Antwort.

»Ist dies Erron 2?«

Schweigen.

Dann: »FOLGE UNS.«

Gemeinsam schwebten sie mit Hilfe ihrer Antigravfelder auf die Wand neben der Öffnung zu, in die das Band mündete. Bei ihrer Annäherung bildete sich darin ein Tor, groß genug, um den Pulk ohne Umformierung passieren zu lassen.

Dahinter lag ein gewaltiger Raum, erschreckend in seiner Größe.

Aber noch mehr als seine Dimensionen fühlte sich Vonnock von der Beschaffenheit dieses Ortes berührt.

Ein See, war sein erster Gedanke, als die Wächter ihn auf das metallene »Ufer« zulenkten.

Am »Himmel« brannte eine rote Kunstsonne, und unsichtbare Gezeitenkräfte bewegten den Inhalt des »Sees«.

Die Wächter setzten Vonnock am Rand des künstlichen Beckens ab und zogen sich unvermittelt zurück.

In seinen Speichern fand er keinen Hinweis auf einen solchen Ort. War dies also doch nicht Erron 2? Aber was dann?

Die Wächter verschwanden durch das Tor, durch das sie gekommen waren. Das Tor schloß sich. Vonnock war allein.

Bis es im See zu brodeln begann.

Und etwas daraus emporstieg.

*

Das Gebilde sah aus wie ein stumpfkegeliger Turm. Es tauchte empor, und die breiige Flüssigkeit, die das Becken füllte, perlte von seiner mattsilbrigen Oberfläche ab, als würde sie davon abgestoßen.

Vonnock wollte zurückweichen. Der Kegel überragte ihn um mehr als das Doppelte, war auch doppelt und dreifach so breit. Dem Anschein nach war dies auch nur die Spitze des Eisbergs. Der weitaus größere Teil schien sich noch immer unter der Oberfläche zu verbergen.

»Wie konntest du glauben, mir zu entkommen?«

Er wußte sofort, daß es die Stimme der INSTANZ war und hielt inne.

»Ich bin froh, es versucht zu haben«, gab er auf gleiche Weise zurück.

»Du bist ein interessanter Fall...«

Vonnock hatte keine Ambitionen, ein *Fall* zu sein.

»Bei unserer letzten Begegnung«, sagte er, »drohtest du mir damit, mich unverzüglich zu eliminieren. Warum hast du deinen Knechten nicht befohlen, kurzen Prozeß mit mir zu machen?«

»Ich habe meine Meinung geändert.«

»Geändert? Warum?«

»Du bist eine Gefahr.«

»Und deshalb tötest du mich *nicht?*«

»Du wirst beseitigt«, stellte die INSTANZ richtig, »aber erst nachdem ich dich selbst untersucht habe.«

»Ich wurde bereits… wie nanntest du es… repariert. Mit geringem Erfolg – aus deiner Sicht.«

»Deshalb werde ich mich deiner selbst annehmen. Mir stehen andere Möglichkeiten zur Verfügung.«

»Wozu dieser Aufwand?«

»Verstehst du es immer noch nicht?«

»Nein.«

»Um ausschließen zu können, daß das Syndrom, das dich entarten ließ, um sich greift und noch andere Wächter befällt, muß ich herausfinden, worin genau es wurzelt. Der Sturm traf *alle*. Aber nur du hast bislang in dieser Weise darauf reagiert.«

Vonnock dachte darüber nach und fand dies logisch. Schließlich fragte er: »Daß ich mich wieder auf Erron 2 befinde, ist nun klar, aber wozu dient dieser Ort? Lebst du hier, ist das dein Zuhause? Befindest du dich in dem Kegel – oder *bist* du der Kegel?«

»Du warst bei den Moogh«, sagte die INSTANZ.

Vonnock fühlte einen Schmerz, der nicht auf Körperlichkeit angewiesen war.

»Die Moogh… sie verehren uns als ihre *Retter*…«

»Zu Recht.«

»Du bist zynisch. Hättest du gesehen, wie sie leben, wüßtest du, was ihnen mit der Schranke, die sie vom Rest der Galaxis abschottet, angetan wurde.«

»Sie sind Seuchenträger. Immer noch. Die damalige Prognose und Hoffnung, daß die Waffe der Makaasch über die Generationen *stumpf* werden würde, hat sich nicht erfüllt.«

»Woher willst ausgerechnet du das wissen? Du warst nicht dort. Haben deine Schergen, die mich aufspürten, es dir erzählt?«

»Das war nicht nötig.«

»Nein?«

»Nein. Wir erhalten ständig Proben.«

»Proben?«

»Der *Schlund*«, sagte die INSTANZ. »Sie übergeben ihre Toten dem *Schlund*. Der sie *uns* zuführt.«

Vonnock wußte zunächst nicht, warum ihn diese Eröffnung tieftraurig stimmte.

»Der *Schlund* ist nichts weiter als ein Transmitter?« fragte er.

»Ein Einwegtransmitter«, bestätigte die INSTANZ. »Wie es viele auf vielen Welten gibt.«

Auch diese Information mußte Vonnock erst einmal verdauen.

»Auch«, fragte er benommen, »bei den Fanjuur? Meinem Volk?«

»Wie kommst du darauf?«

»Weil der *Schlund* schon Bestandteil meiner Erinnerung – oder dem, was ich für meine Erinnerung halte – war, bevor ich die Moogh kennenlernte.«

»Der *Schlund*«, sagte die INSTANZ, »ist fester Bestandteil der Wächterphilosophie. Die Fanjuur erhielten, das erwähnte ich schon, nie unsere Hilfe. Als wir auf sie und die Qoorn aufmerksam wurden, hatte das Verhängnis bereits seinen Lauf genommen. Wir schritten nicht mehr ein.«

»Was hat das, *wenn* es wahr ist, mit dem *Schlund* zu tun?«

»Die Religionen unterscheiden sich von Spezies zu Spezies. Es gibt Intelligenzen, die an überhaupt keine höheren Entitäten glauben. Wem auch immer wir beistehen, der Preis für die Hilfe, die wir leisten, ist, daß sie den *Schlund* zum Bestandteil ihres Totenkultes machen.«

Vonnock hatte das Gefühl, daß sein kurzzeitiges Verständnis für die Ausführungen der INSTANZ bereits wieder erlosch. »Ihr zwingt sie.«

»Sie zahlen diesen geringen Tribut gern für die Hilfe, die wir ihnen zuteil werden lassen.«

»Warum? Warum ist das so wichtig für… euch?«

»Sieh dich um.«

»Das tue ich ununterbrochen.«

»Was siehst du?«

»Ich weiß es nicht. Ein gewaltiges Becken. Einen Pool. Der Inhalt ist mir unbekannt. Ich müßte...«

»Erspare dir die Mühe, deine Sensoren damit zu beschäftigen. Es ist Protoplasma. Der Grundstoff allen Lebens. Für uns ein Rohstoff.«

»Du haust darin?«

»Nicht nur das. Du hast es immer noch nicht begriffen. *Ich bin die Station.* Nicht nur ein einzelner Raum, nicht nur ein einzelnes Etwas. Ich bin das Ganze. Erron 2 ist von mir beseelt – wie dein Bewußtsein den Wächter beseelt.«

*

»Was wird mit den Moogh geschehen?«

Vonnock war selbst erstaunt darüber, daß seine vorrangige Sorge immer noch den Aussätzigen galt.

»Die Moogh? Sie werden weiter ihr Leben fristen, wie sie es *vor* deinem Eingriff taten.«

Eingriff nannte es die INSTANZ.

»Sie haben das Recht auf Selbstbestimmung!«

»Nicht um den Preis, andere ins Verderben zu führen. Dieses Fieber ist extrem ansteckend. Es gibt kein Gegenmittel. Wir dachten, die Natur selbst fände eines, wenn wir ihr lange genug Zeit zum Experimentieren ließen. Aber diese Hoffnung hat sich zerschlagen.«

»Ihr kerkert sie unter dem Vorwand der Fürsorge ein!«

»Um das zu verstehen, ist dein Horizont zu begrenzt.«

»Und deiner? Bist du künstlich oder hattest auch du einmal einen lebendigen Körper?«

»Ich lebte.«

Das hatte Vonnock nicht erwartet. »Dann...«

»Ich bin ein Hoher.«

»Ein Hoher? Einer derer, die all das geschaffen haben?«

»Warum sollte ich lügen?«

»Weil es deine zweite Natur ist. Du unterscheidest vielleicht selbst nicht mehr zwischen Lüge und Wahrheit. Alles ist bei dir nur Mittel zum Zweck.«

»Du bist klüger als ich dachte.«

»Was wird nun mit mir geschehen?«

»Das sagte ich schon: Ich werde dich in deine kleinsten Bausteine zerlegen und herausfinden, wie es dazu kommen konnte, daß du *abtrünnig* wurdest.«

»Und dann?«

»Werde ich Maßnahmen treffen, daß kein Wächter in ähnliche Disharmonie verfällt.«

»Ich meine, was wird dann aus mir?«

»Du wirst dann nicht mehr benötigt. Ich werde deinen Bioanteil auch nicht ins Protoplasma zurückfließen lassen. Die Gefahr – und mag sie noch so gering sein – daß du den kompletten Pool vergiftest, ist zu groß.«

»Der Pool – woher kommt dieses ganze Protoplasma und wozu werden diese gewaltigen Mengen benötigt?«

»Es kommen täglich Tote aus vielen Welten an. Die Moogh sind ein Sonderfall. Ihre Verstorbenen landen nicht im Pool, sondern nach Durchlaufen der Diagnoseeinheit, die jeglichen Krankheitserreger aufspürt, in der Desintegratorkammer. Krankes Genmaterial wird vollständig aufgelöst. Nur Unbedenkliches von unbedenklichen Welten gelangt in den Pool.«

Mit anderen Worten, dachte Vonnock schaudernd, *ich stehe hier am Ufer eines Massengrabs.*

Die Stimme der INSTANZ riß ihn aus seinen Gedanken.

»Komm jetzt zu mir!«

Der aus der Oberfläche herausragende Teil des Kegels öffnete sich.

Im Innern glomm geisterhaftes Licht.

Vonnock konnte nicht anders, als schwerelos über das Protoplasma hinweg darauf zuzuschweben und dem Lockruf zu folgen.

In den Untergang?

10.

Die letzte Schlacht des Kriegers

Das Dunkel, das ihn umschloß, war nicht einmal mit seinen kybernetischen Sinnen zu durchdringen. Vonnock fühlte sich in seine Laichschnur zurückversetzt. In einen See auf Saatros bei finsterer Nacht. Ihm war weder warm noch kalt. Aber er fühlte die Präsenz einer anderen Wesenheit.

Der Hohe?

Konnte es möglich sein, daß sich im Herzen von Erron 2 ein Erbauer verbarg?

Daß die INSTANZ, die höchste Gewalt auf der Station also und Koordinator aller Wächtereinsätze, einer der Mächtigen selbst war?

Vonnock fühlte sich von zahllosen Augen gemustert.

Von Kameraaugen aufgerastert bis in die mikroskopischen Bereiche.

Fehlersuche.

Der Herr von Erron 2 war auf Fehlersuche…

»Eine letzte Frage, bevor ich sterbe«, sandte Vonnock seine Gedanken ins Nichts.

Im ersten Moment hatte er das Gefühl, sie würden von einer unsichtbaren Barriere zurückgeschleudert werden. Dann kam die Aufforderung: »Formuliere sie!«

»Ich möchte als *ich selbst* sterben – nicht als *Konstruktion*, nicht als Fanjuur, der nicht mehr unterscheiden kann zwischen echter Erinnerung und Fälschung. Gib mir meine Identität zurück, bevor ich ausgelöscht werde. Entferne, was nicht wahr ist, aus meinem

Gedächtnis. Ich möchte einen einzigen lichten Moment erleben, bevor die Finsternis mich für immer verschlingt.«

»Warum?«

»Weil ich es sonst nicht ertrage!«

»Du weißt, wie unlogisch das ist.«

»Es ist mir egal, wie unlogisch es *klingt*. Ich bitte dich darum!«

»Dazu müßte ich mein eigenes Bewußtsein mit deinem verschmelzen.«

»Tu es!«

»Möglicherweise ist es sogar nötig, um den Fehler ausfindig zu machen. Den eigentlichen Krankheitsherd. Deine Physis habe ich bereits durchleuchtet. Der Regulator ist schadhaft. Aber dieser Schaden geht auf das zurück, was in dir fehlgeleitet wurde. Während des Sturms...«

»Heißt das *ja*?«

Die Finsternis spaltete sich in eine Kaskade von Licht und Farben auf.

Vonnock erschrak.

Seine Umgebung wurde sichtbar; seltsam verfremdet zwar, aber vielleicht war er das erste intelligente Wesen überhaupt, das Gelegenheit erhielt, die INSTANZ beinahe *nackt* zu schauen.

Ein transparentes, mit Flüssigkeit gefülltes Gefäß erhob sich auf einer Empore im Mittelpunkt des Raumes, der Vonnock umschloß. In das Gefäß mündeten Schläuche. Anzeigen glommen im Sockel, der übersät war mit der Glyphenschrift der Hohen. In der trüben Flüssigkeit schwamm etwas, das vollständig von der Umwelt abgekapselt war.

Ein Organ.

Ein...

Vonnock sah sich von Mitgefühl überrollt.

... Gehirn!

*

Die Erkenntnis, daß es Gefangene gab, die noch verkrüppelter, noch entleibter waren als er selbst, lähmte sein Denken eine halbe Ewigkeit lang.

Zumindest kam es ihm vor wie eine solche Ewigkeit.

Der Hohe – *falls* es das Gehirn eines Erbauers war – verfügte nicht einmal über den prothesenhaften Körperersatz, den Vonnock erhalten hatte. Offenbar bewohnte sein Geist noch das Gehirn, in dem er einst geboren worden war. Dieses Gehirn aber war fest mit Erron 2 verbunden – und vielleicht so alt wie die Station selbst...

Von dieser Vorstellung ging eine solche Sogwirkung aus, daß Vonnock ernsthaft um den eigenen Verstand bangte. Denn er selbst hielt sich nach wie vor nicht für wahnsinnig, nicht für entartet.

»Das bist *du?*«

»Ich verstehe und brauche dein Mitleid nicht.«

»Warum sollte ich Mitleid mit einem Tyrannen haben?«

»Tyrannen?«

»Nichts anderes bist du.«

»Ich setze mich für Ordnung und Frieden ein.«

»Und was Ordnung, was Friede ist, bestimmst nur du allein? *Du* legst fest, wer böse ist und wer gut? Wer bestraft oder gar vernichtet werden darf – und wer Schonung und Schutz verdient?«

»Nimm die Moogh«, antwortete die INSTANZ. »Hätte ich sie sich selbst überlassen sollen? Hätte ich die Makaasch ungestraft davonkommen lassen sollen, andere Völker, andere raumfahrende Rassen der Gefahr aussetzen, sich ebenfalls mit dem unheilbaren Virus zu infizieren?«

»Ich rede nicht von Einzelfällen. Ich rede von dem Recht, das du dir herausnimmst, über andere zu verfügen. Und das fängt schon damit an, wie du neue Wächter rekrutierst. – Was ist zum Beispiel aus der Schiffsbesatzung geworden, die sich keines anderen Verbrechens schuldig machte, als in der Nähe der Station zu erscheinen? Sie brauchten Hilfe – und was erhielten sie?«

»Ich lasse mich nicht noch einmal auf unfruchtbare Diskussionen ein. Du hast einen letzten Wunsch an mich herangetragen. Ich bin – nach Abwägung aller Risiken – bereit, ihn zu erfüllen. Ich werde dein Gedächtnis säubern, es von allem Traummüll reinwaschen. Du darfst als derjenige sterben, der du warst, als du rekrutiert wurdest.«

Traummüll... rekrutiert...

In Vonnock überschlugen sich die Gedanken.

Er wußte, daß er am Tod nicht vorbeikommen würde.

Diesmal nicht.

»Fang an«, sagte er.

Und das uralte Gehirn eines Wesens, dem Vonnock immer noch jede Lüge, jeden Betrug zutraute, schien sich aufzublähen, bis es sein gesamtes Wahrnehmungsspektrum einnahm.

Vonnock fühlte, wie ihn etwas berührte... nein, wie etwas mit ihm *verschmolz*.

Er spürte die Nähe der INSTANZ, wie sie vor ihm vielleicht noch kein Wächter erlebt hatte.

Und dann kamen Bilder.

Bilder eines kargen, entbehrungsreichen Kriegerlebens...

*

Er war nie der Gesandte des Herrschers gewesen. Hatte nie alt und sterbend in seinem Becken den mißratenen Sproß empfangen, um ihn hinterrücks zu ermorden. Sein wahres Leben war irgendwo *dazwischen* angesiedelt gewesen. Alles andere waren Extrapolationen *vor* und *zurück*, die das Programmgehirn des Wächterkörpers als Traumsequenzen entworfen hatte, basierend auf Vonnocks Wissen und Erfahrungsschatz.

Wer auch immer die *anderen* Wächter beseelte: Für sie blieben Realität und Traum dem Vernehmen nach stets unterscheidbar. Daß die Grenzen bei Vonnock verschwommen waren, ging offenbar auch auf den ominösen Sturm zurück, der die Galaxis durchpflügt hatte und nichts mit den seit langem auftretenden lokalen

Magnetfeldschwankungen zu tun hatte.

Die INSTANZ versuchte sich als Moderator. Erklärte, wo es ihrer Ansicht nach nötig war, half, die Zusammenhänge noch besser zu verstehen.

Viel Aufwand, bedachte man den bereits feststehenden Schlußakkord.

Was, fragte sich der Fanjuur, dem das eigene Leben nun klar strukturiert vor Augen lag, *mochten andere Wächter träumen?*

Wer steckte in den rotmetallenen Hüllen?

Wie viele intelligente Spezies beherbergte die Große Insel – und wie viele waren irgendwann nach Erron 2 verschleppt worden, um zu dienen?

Ungefragt zu dienen…

Der Krieg gegen die Qoorn, er hatte stattgefunden! Der Nanoanzug existierte! Und selbst was die INSTANZ über die wirklichen Körper der Wächterseelen gesagt hatte, war die volle Wahrheit: Sie lagerten irgendwo in einem perfekten Hyperraumversteck, in einem Stasisdepot, in dem sie nicht nur eine halbe, sondern eine ganze Ewigkeit überdauern konnten…

… was auch nötig sein würde, denn wahrscheinlich würde nie der Tag kommen, an dem sich die INSTANZ für verzichtbar erklären und die Armee ihrer Handlanger auflösen würde. Nie. Irgendwo herrschte immer Unruhe, irgendwo gab es immer Krieg…

Vonnocks schweifende Gedanken kehrten zu seinem verlorenen Körper zurück. Er besaß nun wieder ein klares, ungetrübtes Bild davon, wie er als Fanjuur ausgesehen hatte.

Und die Sehnsucht nach diesem Leben quoll über in ihm!

Das Depot…

Wo lag dieses Depot? Wie war es erreichbar?

Vonnock hatte das Gefühl zu brennen. In Flammen zu stehen. Zugleich spürte er die Verunsicherung der INSTANZ.

Ein Bild tauchte vor seinem geistigen Auge auf. Kein Bild aus *seiner* Erinnerung – er fing es auf, ohne daß der INSTANZ daran gelegen sein konnte. Aber scheinbar bewahrheitete sich, was sie zu

Beginn angedeutet hatte: Auch für sie selbst war die Verschmelzung mit Vonnock nicht ungefährlich...

Das Bild: ein Transmitter. Ein ganz spezieller Transmitter in der Nähe des Sees aus Protoplasma... in der Nähe des Stationsherzens.

»Genug!«

Die INSTANZ brach die zu eng gewordene Verbindung ab.

Und Vonnock...

... Vonnock wuchs über sich selbst hinaus.

Beendete den Kontakt auch seinerseits. Mit allem Nachdruck, zu dem er fähig war!

Als nächstes hallte ein nie gehörter mentaler Aufschrei durch die Korridore und Räume der gigantischen Station.

So furchtbar, als wäre es der blauviolette Stahl selbst, der da in heißer Qual aufbrüllte...

*

Etwas zersplitterte, als die Faust des Fanjuur auf die Rüstung des Qoorn krachte.

In Wahrheit war es immer noch eine Faust aus Metall, die mit Brachialgewalt auf das uralte Gehirn unter Glas einhieb, aber diese Realität ließ Vonnock nicht an sich heran.

Diesmal manipulierte *er*.

Sich selbst!

Er stellte sich vor, in seinen Nanoanzug gekleidet vor dem schrecklichsten Feind des Imperiums zu stehen, und diesen mit einem einzigen gezielten Schlag, unterstützt durch Nanomodule, zu zermalmen!

Gegen den Schrei, der auf Mentalebene lostobte, verschloß er sich, wußte aber, daß er nicht ungehört verhallen würde.

Ihm blieb wenig Zeit.

Wenn überhaupt.

Er nahm noch in sich auf, was er angerichtet hatte – der Nährbehälter, in dem das Organ schwamm, war aufgeplatzt, sein breiiger

Inhalt ergoß sich auf den Boden, ließ das spastisch zuckende, verkabelte, nackte Gehirn im Todeskampf zurück –, dann richtete er seinen Waffenarm gegen die Wand des Kegels und zerstäubte sie mit einem breit gefächerten Strahl.

Während er das sterbende Gehirn hinter sich ließ und durch das Loch schwebte, fragte er sich, wie es dazu hatte kommen können, daß die INSTANZ ihm die Befehlsgewalt über den Wächterkörper gelassen hatte.

Er fand nur eine einzige Erklärung: Daß auch sie den Willen, der den Robot beseelte, unterschätzt hatte.

Dann suchte er nicht länger nach Antworten.

Am anderen Ufer tauchten Gestalten auf und eröffneten sofort das Feuer.

Vonnock aktivierte die Schilde seines Körpers. Die Einschläge wurden quergeleitet und bohrten sich in die Oberfläche des Sees, wo das Protoplasma sich amöbenhaft aufbäumte. Rauchschwaden trieben nach oben.

Vonnock beschleunigte.

Erwiderte das Feuer.

Zählte die Gegner.

Die Übermacht war einfach zu groß.

Während er auf ein bestimmtes Trennschott zuflog, wählte er eine andere Strategie: Er nahm den Kegel unter Feuer. Zerstörte systematisch das Domizil der INSTANZ, von der er nicht wußte, ob sie noch lebte – vielleicht sogar *über*leben würde. Falls ihr rechtzeitig Hilfe zuteil wurde.

Darauf, daß den Wächtern die Rettung der höchsten Autorität auf der Station wichtiger sein würde als die Verfolgung eines Wahnsinnigen aus ihren Reihen, vertraute Vonnock fest.

Und er behielt recht.

Der Großteil der Wächter änderte den Kurs und hielt auf den Kegel zu. Nur wenige blieben dem Entarteten auf den Fersen.

Der sich keineswegs entartet fühlte.

Nur wild entschlossen.

Das Schott öffnete sich nicht, trotz eines entsprechenden Impulses.

Vonnock zerstäubte es, ohne nachzudenken.

Der dahinterliegende Korridor war lang.

Schier endlos setzte er sich in der Horizontalen fort.

Vonnock wußte, daß er ihn nicht bis zu Ende durchqueren mußte.

Er kannte die Tür.

Er hatte den kompletten Plan der Station im Kopf. Seit der Verschmelzung. Seit er in der INSTANZ gelesen hatte wie in einem aufgeschlagenen Buch.

Gezielt nahm er Wände, Boden und Decke des Ganges hinter sich unter Beschuß. Traf verborgene Systeme, die Explosionen auslösten und ein unbeschreibliches Chaos anrichteten. Überall brachen Segmente herab, blockierten den Weg.

Unbehelligt erreichte er sein Ziel.

Auch dort mußte er mit Gewalt in den Raum eindringen, den er nicht mehr vergessen konnte, seit die INSTANZ ihm ungewollt neue Hoffnung, neue Kraft geschenkt hatte.

Der Transmitter war aktiviert.

Der Grund offensichtlich.

Behälter standen davor – versandbereit.

Sie waren verschlossen, aber Vonnock ahnte, was sich darin befand.

Körper.

Die Körper derer, die kürzlich neu rekrutiert worden waren – aus der Besatzung des fremden Kugelschiffs.

Wie mögen sie aussehen?

Nur ein kurzer Gedanke.

Es gab für Vonnock kein Zögern mehr – selbst wenn dies ein Weg ohne Rückkehr, wieder eine enttäuschte Hoffnung werden würde.

Jeden Moment konnte das wabernde Feld im kreisrunden Rahmen erlöschen.

Jeden Moment konnten die Verfolger ihn doch noch stellen…

An den Behältern vorbei beschleunigte er auf den Ring zu.

Warum er ausgerechnet in diesen entscheidenden Momenten an Suna denken mußte, hätte er selbst nicht zu erklären vermocht. Aber er dachte an ihr wunderschönes, golden schimmerndes Gesicht – und daran, wie sehr er die ihm aufgezwungene Hülle hassen gelernt hatte.

Und fast unbemerkt von ihm selbst veränderte sich seine Gestalt im Anflug auf das Transmitterfeld.

Wuchs, verlor alle Plumpheit und alles, was ihn an sein Wächterdasein erinnerte.

Er erstrahlte in gleißendem Goldton, als er sich in die wirbelnden Energien stürzte, die ihn weit, weit von der Station wegtragen sollten.

Sein letzter Gedanke galt nicht Suna, nicht den Moogh, sondern seinem Körper.

Den er jenseits des Ringes zu finden hoffte.

Den er sich zurückerobern wollte, koste es, was es wolle.

Ein Depot im Hyperraum.

Wer konnte sich so etwas ausdenken?

Als erstes würde er auf der Gegenseite den Transmitter so justieren müssen, daß ihm niemand folgen konnte.

Die Gegenseite… er wußte nicht einmal annähernd, was ihn dort erwartete.

Eine Übermacht an Wächtern?

Ein zweites uraltes Gehirn, das dort regierte?

Oder der schon nicht mehr für möglich gehaltene persönliche Triumph?

Vonnock versank im Mahlstrom hyperdimensionaler Energien.

Und merkte nicht mehr, wie der Transmitter im selben Moment von höherer Instanz…

… abgeschaltet wurde.

*

Die INSTANZ dämmerte in Agonie dahin. Jeder Gedanke fiel ihr schwer. Wächter umsorgten sie. Wächter reparierten das zerstörte Gehäuse notdürftig und füllten es in fieberhafter Eile mit neuer Nährlösung.

Die INSTANZ kämpfte gegen die Schatten, die nach ihr griffen.

Sie versuchte, sich mit ihren Sinnen durch den stählernen Riesenleib zu tasten, über den sie seit Urzeiten herrschte.

Die Spur der Verwüstung, die der Entartete hinterließ, war unübersehbar.

Früh war zu erkennen, wohin er sich wenden würde.

Die INSTANZ entschied, ihn gewähren zu lassen.

Genau so lange, bis er in den Transmitter eintauchte.

Dann beendete sie die Hoffnungen des Fanjuur auf ihre Weise.

Er erreichte den Hyperraum, in Nanoteilchen zerstäubt, aber der Richtstrahl zur Gegenstation erlosch.

Er würde nirgendwo aus einem anderen Ring heraustreten.

So hatte ihn doch noch seine – nach Auffassung der INSTANZ – verdiente Strafe ereilt...

*

So wäre es jedenfalls gekommen, hätte nicht der Zufall – in Gestalt eines genau in diesem Augenblick den Hyperraum durchziehenden Transportstrahls – Vonnock mit sich gerissen...

... und doch noch irgendwo wieder ausgespien.

An einem Ort, wo niemand mit seinem Erscheinen rechnete.

Auf einer Welt namens Terra...

Epilog

Es war ein Alptraum.

Ein nicht enden wollender Alptraum.

Der mit dem Erwachen begann.

Kurtwood Harkers Schädel brummte, als hätte ihm jemand eine Eisenstange übergezogen. *Unitall,* korrigierte er sich in einem Anflug von Galgenhumor. *Eine Unitallstange...*

Seine Erinnerung kehrte zurück, während sich die Schleier vor seinem Blick wie fallender Nebel senkten.

Um ihn herum war Bewegung. Im ersten Moment erinnerte alles an die Nottransition, mit der sie dem Schattenraumer entkommen waren. Doch dann begriff Harker, daß es keine anderen Besatzungsmitglieder waren, die heftige Aktivität um ihn herum verbreiteten.

Es waren...

Er fand nicht sofort den passenden Begriff dafür. Geschmeidig wie Raubkatzen bewegten sich die Schemen, die nur langsam an Kontur, nur langsam an Schärfe in seinem überreizten Gehirn gewannen.

Auf dem Rücken liegend (Harker erinnerte sich noch, sich gesetzt zu haben, aber irgendwie mußte er danach gestürzt sein), beobachtete der Kommandant der SARATOGA, wie sich gesichtslose Humanoide, deren Haut matt rötlich im Zwielicht der Zentralebeleuchtung glänzte, um die Besatzung kümmerten.

Niemand leistete Widerstand. Sie waren noch alle ohnmächtig, und Harker wünschte sich, es auch wieder zu sein.

Er vermochte keinen Finger zu bewegen. Die Augen ja, den Kopf mit Einschränkung, aber der Rest seines Körpers war... taub.

Als hätte ihn jemand *abgeschnitten.*

Für kurze Zeit entrückten die Fremden Harkers Wahrnehmung. Der eisige Schreck, mit dem sich die Erkenntnis, gelähmt zu sein, in ihn biß, radierte alle anderen Dinge aus.

Gelähmt...

Offenbar war er so unglücklich gestürzt, daß er sich eine Wirbelsäulenverletzung zugezogen, das Rückenmark und die darin eingebetteten Nervenstränge verletzt hatte!

Über die Schwere seiner Verletzung ließ sich nichts sagen. Vielleicht war es nur eine Prellung mit vorübergehendem Taubheitsgefühl. Das Trauma konnte von selbst wieder verschwinden.

Harker klammerte sich kurz an diese Hoffnung.

Es half ihm, zurück in die Situation zu finden, in der nicht nur er sich befand, sondern auch jedes andere Mitglied seiner Mannschaft.

Fremde an Bord!

Fremde ohne Gesicht – Riesen von Gestalt, die zielstrebig von einem Menschen zu anderen huschten, bei jedem kurz innehielten, ihn dann entweder wieder sich selbst überließen oder ihn aufhoben und aus der Zentrale trugen.

Letzteres beobachtete Harker nur in einem Fall. Es betraf Boulder, der schlaff über den Armen eines der Fremden lag und beim Hinaustragen aussah wie ein friedlich schlafendes Kind in der Obhut seiner Mutter...

Der Gedanke war grotesk.

Und erinnerte Harker daran, daß er etwas tun mußte.

Wozu er jedoch nicht in der Lage war.

Wie auch, wenn er trotz schweißtreibendem Bemühens nicht einmal fähig war, seine Beine zu *spüren*, ganz zu schweigen davon, aufzustehen.

Einer der roten Riesen kam auf ihn zu.

Harker hatte das Gefühl, einen Schrei hinter dem Kehlkopf stekken zu haben, der herauswollte, aber es nicht schaffte.

Einer der nicht zu Händen ausgebildeten Armstümpfe richtete

sich auf ihn. Und veränderte sich. Es glomm vage, und das Licht schien durch Harkers Netzhäute bis ins Gehirn zu sickern. Es war nicht schmerzhaft, nur... nur absolut unangenehm. Übergangslos fühlte er sein intimstes Innerstes nach außen gekehrt, offengelegt für... ja, für wen?

Wer waren diese Kerle?!

Wie unpassend der Begriff »Kerle« war, wußte Harker selbst. Aber darum kümmerte er sich nicht. Das Licht erlosch, und er hätte sich am liebsten in ein Schneckenhaus verkrochen. Ein in diesem Ausmaß nie zuvor verspürtes Schamgefühl drohte, ihn auch geistig zu lähmen.

Obwohl die Fremden nichts offensichtlich Böses im Schilde führten, war es fast schon Ekel, der ihn von ihnen abstieß.

Die *ganze* Erinnerung kehrte zurück.

Ein unbekanntes hyperphysikalisches Phänomen war aus dem Milchstraßenzentrum herangerast, hatte die SARATOGA und die mutmaßliche Mysterious-Station überrollt...

... und nun wimmelte es von Fremden an Bord.

Mysterious?

Harker verneinte intuitiv. Die Gestalten hatten bei aller Geschmeidigkeit, bei aller Imposanz etwas Androgynes, absolut Künstliches...

Roboter?

Roboter der Mysterious?

Ihre Farbe erinnerte an ein extrem seltenes Erz, das bislang nur auf zwei Planeten der Galaxis entdeckt worden war und abgebaut werden konnte: Tofirit.

Zufall?

Wohl kaum.

Mysterious und Tofirit waren eng miteinander verknüpfte Begriffe; ebenso wie Mysterious und Unitall.

Und dort draußen schwebte immer noch ein Würfel von sechzig Kilometern Kantenlänge.

Irgendein verrückter Hoffnungsschimmer begann in einem verborgenen Winkel von Harkers Verstand zu keimen.

Die Mysterious waren nicht die Feinde der Terraner, und umgekehrt verhielt es sich ebenso.

Die Roboter – so es M-Roboter waren – würden ihnen helfen!

Aber warum hatten sie dann nur Boulder weggetragen, keines der anderen Besatzungsmitglieder, und wohin verschleppten sie ihn?

In diesem Augenblick fühlte sich Harker selbst angehoben. Nicht von den Armen des Roten, sondern von unsichtbaren Polstern, die ihn so behutsam umfingen, als gälte es, eine bereits angeknackte Eierschale ohne weiteren Bruch zu bewegen.

Als hätte, dachte Harker, *der Fremde begriffen, wie es um mich steht.*

Auch dies war nichts anders als positiv zu interpretieren. Man nahm Rücksicht...

Während er vor dem Riesen her aus der Zentrale schwebte, gestützt von einem »weichen« A-Gravkorsett, probierte Harker, ob seine Stimmbänder noch funktionierten. Ob er Mund und Zunge bewegen konnte und also in der Lage war zu sprechen.

Es war ein weiterer Schock, daß dies nicht möglich war. Außer ein paar ächzenden, röchelnden und völlig unartikulierten Lauten entschlüpfte seiner Kehle nichts.

Der Drang laut loszuschreien war jedoch auch verschwunden.

Harker erkannte schnell, daß sie nicht die Schleusen ansteuerten. Und was er außerdem beim Durchqueren der Gänge begriff war, daß in diesem Bereich bereits keine Atmosphäre mehr vorhanden war. Wie er dennoch überleben konnte, war ihm zunächst ein Rätsel. Aber es konnte nur so sein, daß der Fremde ein unsichtbares, in sich geschlossenes Prallfeld um ihn herum projizierte, durch das alle tödlichen Einflüsse ferngehalten wurden.

Kurz darauf erreichten sie das riesige, noch von den Grakos verursachte Leck in der Außenhülle, das nach innen aufgewölbt wie ein Bombenkrater klaffte.

Auch der Fremde machte keine Anstalten zu kommunizieren,

obwohl Harker sicher war, daß er es gekonnt hätte.

Sie verließen die SARATOGA.

Obwohl gigantisch, war die Gigantstation der Mysterious mit bloßem Auge für Harker nicht vor dem Hintergrund unzähliger Sterne auszumachen.

Zumal sie selbst nicht einmal wie ein Stern strahlte.

Allmählich begriff er, was für ein unglaublicher Zufall das terranische Schiff überhaupt hierher verbracht hatte. Zwischen namenlosen Gestirnen, irgendwo in den unendlichen Weiten der Galaxis, trieb ein weiteres Artefakt jener Kultur, auf die sich im Grunde Terras heutige Freiheit stützte.

Ohne das Vermächtnis der Mysterious, von Ren Dhark entdeckt, wäre die Menschheit vielleicht längst ausgerottet, Terra ein gewaltiger, von Giants verwalteter Friedhof, und die einzigen noch lebenden »Menschen« wären die *Robonen* gewesen. Eine Millionenschar »Auserwählter«, die in ein anderes Sonnensystem ausgesiedelt worden waren...

Wie lange war das her?

Wenige Jahre.

Aber es spielte – eigentlich – keine Rolle. Nicht mehr. Erst recht nicht für Kurtwood Harker...

Bleich, durchfroren und in sich gefangen, in einem nicht mehr gehorchenden Körper, trieb der Kommandant der SARATOGA auf ein Mysterious-Vermächtnis zu, das er mit bloßem Auge sehen *konnte*.

Ein Ringraumer!

Es war nur natürlich, daß er im ersten Augenblick hoffte – so unwahrscheinlich es auch war –, daß es sich um einen S-Kreuzer der Flotte handeln könnte – oder gar um die POINT OF, deren Flaggschiff selbst.

Vielleicht hatte Dhark irgendwo Roboter aufgegabelt, die wie rote, gesichtslose Riesen aussahen, und der TF einverleibt, wie es einst mit den herrenlosen Robotschiffen der Mysterious geschehen war...

Aber hätten Menschen andere Menschen solchem Schrecken ausgesetzt, um sie zu retten?

Harker kapitulierte innerlich vor seiner eigenen Logik und beantwortete die Frage mit nein. Menschen hätten Roboter wenigstens *begleitet*, um den Schock zu mildern, der beim Anblick der Giganten entstehen mußte.

Im Innern des Ringschiffes fand Harker seine Befürchtung bestätigt.

Auch hier kein Mensch.

Nur ich.

Nur – wir...

Er erblickte Boulder, immer noch besinnungslos auf den Armen »seines« Retters liegend. Ihn trug kein A-Gravpolster. Aber wenigstens lebte er...

Beklommen fragte sich Harker, ob das die Erklärung für die Selektion war: Lebte der Rest der Zentralebesatzung nicht mehr? Und war deshalb ignoriert worden?

Und verhielt es sich im übrigen Schiff genauso? Suchten die Fremden nur nach Überlebenden, die sie zuerst bargen...

... oder ausschließlich?

Vielleicht war dies die Logik, der sie folgten. In Harker weckte es jedoch mehr als nur weiteres Unbehagen.

Er merkte, wie sehr seine Nerven am Ende waren.

Krächzend versuchte er, nach Boulder zu rufen.

Aber selbst das Krächzen, das er zustande brachte, blieb innerhalb der unsichtbaren Grenzen seiner Biosphäre.

Nach und nach trafen weitere Besatzungsmitglieder ein. Ausnahmslos ohne Bewußtsein. Was eine weitere Frage aufwarf: Waren sie immer noch als Folge des Hyperraumphänomens ohnmächtig – oder hatten die Fremden »nachgeholfen«? Wurde bei ihm das Wachsein nur toleriert, weil er aus Verletzungsgründen ohnehin nicht mehr in der Lage war, irgendeine Gegenwehr zu leisten?

Warum sollte ich mich denn gegen Retter wehren?

Weil es, und diese Angst saß ihm hartnäckig im Genick, vielleicht keine Retter waren!

Nachdem sie sich zu sechst (die Fremden nicht mitgezählt, nur die Menschen) im Ringraumer befanden, schloß die Schleuse. Harker fand keine Anzeichen dafür, ob das Schiff Fahrt aufnahm. Erst als sich die Schleusenwand wieder öffnete, erkannte er anhand der veränderten Umgebung, daß dies geschehen sein mußte.

Draußen gähnte nicht länger der Abgrund des Alls.

Draußen gab es lediglich ein *Drinnen*, Grenzen aus Metall. Unitall.

Unzweifelhaft gehörte das Schiff zum Kubus und war dorthin mit seiner Fracht zurückgekehrt.

Harker wurde in gleicher Manier von Bord gebracht, wie er hingelangt war.

Fünf weitere Riesen – die in dieser Umgebung gar nicht mehr so riesenhaft wirkten, weil hier alles gigantische Dimensionen besaß – folgten ihnen.

Der Kommandant (*Ex*-Kommandant, korrigierte sich Harker) der SARATOGA hatte das Gefühl, noch nie in seinem Leben so wach und bewußt eine Umgebung wahrgenommen zu haben wie jetzt.

Aber so sehr er auch forschte, eingekerkert in seinen ramponierten Körper, er entdeckte nichts, was er auf Anhieb als Leben hätte einordnen können. Die Fremden waren erst auf den zweiten Blick von ihm als eigentlich leblos durchschaut worden. Inzwischen war er sich, was das anging, sicher.

Roboter.

Sie waren nichts anderes als perfekt konstruierte Roboter, bei denen jemand absichtlich darauf verzichtet hatte, ihnen Individualität zu verleihen.

Gesichter.

Durch Schächte und kaum erhellte Korridore gelangten sie an einen bizarren Ort.

Ein riesiger Pool, von einer Kunstsonne beschienen.

Die jähe Lichtfülle tat Harkers Augen nur kurz wohl. Dann obsiegten andere Emotionen.

Es war kein »normaler« Pool, und der Inhalt war mit das Ungeheuerlichste, was Harker jemals gesehen hatte.

Gleichzeitig erreichten ihn Gerüche.

Ein untrügliches Indiz dafür, daß die »Lebensblase« um ihn herum erloschen war. Er atmete Stationsluft. Die die Roboter nicht brauchten – wohl aber das, was sie hier verbargen.

Der Inhalt des Beckens, an dem vorbei Harker, Boulder und die anderen Besatzungsmitglieder der SARATOGA in einen angrenzenden, kleineren Raum gebracht wurden, wirkte auf eindringliche Weise *lebendig*.

Wie eine in den Makrobereich vergrößerte Amöbe.

Der Gedanke, daß ihr *Hunger* gestillt werden mußte, und die Roboter zu nichts anderem nütze sein könnten, als Nahrung – lebendige Nahrung – heranzuschaffen, trieb Harker dazu, neuerliche Anstrengungen zu unternehmen, die Herrschaft über seinen Körper zurückzugewinnen.

Vergeblich.

Der Raum neben dem Pool beinhaltete technisches Gerät, wie Harker es ebenfalls noch nie gesehen hatte.

M-Technik.

Die Hoffnungen, die er mit den Mysterious verbunden hatte, waren längst verflogen.

Niemand sprach zu ihm, niemand suchte in irgendeiner Weise Kontakt.

Das Anliegen der Roboter, der Grund, weshalb sie sechs Menschen aus einem halbzerstörten Wrack hierher verschleppt hatten, schien gänzlich anderer Natur zu sein.

Auch gab es offene Behälter, in denen jedoch etwas anderes »schwamm« als nebenan. Was Harker erblickte, ähnelte den Robotern selbst, sah aus wie *flüssiges* Tofirit.

Er wurde auf einer seltsamen Liegekonstruktion abgesetzt, deren metallische Stützen sich sofort ebenso den Körperkonturen anpaßten wie zuvor die Antigravkräfte.

Durch Verdrehen der Augen konnte Harker feststellen, daß mit den anderen Menschen ebenso verfahren wurde. Es gab wesentlich mehr Vorrichtungen als benötigt wurden. Viele blieben leer.

Es erinnerte den Kommandanten der SARATOGA an all die Männer und Frauen, die zurückgelassen worden waren. Plötzlich glaubte er nicht mehr daran, daß sie alle tot waren. Was sollte sie getötet haben? Das hyperhysikalische Phänomen? Boulder und die anderen wirkten unverletzt, nur besinnungslos. Warum sollte es andere Schiffsbereiche härter getroffen haben? Außerdem hatten die Schilde gestanden, als es über sie hereingebrochen war. Sie mußten einiges abgedämpft haben, dann zusammengebrochen sein. Falls nicht erst die späteren Besucher die Schutzschirme überwunden hatten...

Er wollte seine Aufmerksamkeit wieder dem Geschehen widmen, als es passierte. Aus dem Nichts heraus senkte sich eine Art Helm über seinen Kopf, und ein unglaublicher Blitz schien sein Gehirn zu sprengen.

Seine Wahrnehmungspalette hatte sich vollständig gewandelt, als er wieder zu sich kam.

Aber das wurde ihm nicht bewußt.

Er »sah« auf einer Ebene, die ihm selbst bereits normal vorkam.

Und stand auf.

»Willkommen«, sagte eine Stimme.

Er nahm es hin, ohne zu hinterfragen.

»Die Systeme arbeiten zufriedenstellend«, fuhr die Stimme fort.

Er blickte sich um.

Er stand neben sich und sah sich auf einem seltsamen Ding liegen. Die Augen geschlossen. Der Brustkorb senkte sich kaum merklich auf und ab.

Er sah friedlich aus.

Zufrieden.

»Wer bist du?«

»Ich bin Kurtwoodharker.«

»Was bist du?«

»Ein Wächter der Hohen.«

Stille. Dann: »Ich habe einen Auftrag für dich, Kurtwoodharker.«

Er hörte sich an, was von ihm erwartet wurde.

Es bereitete ihm keine Probleme, die Notwendigkeit des Befehls zu erkennen.

Kurz darauf verließ er Erron 2.

(*Erron 2,* hallte es wie ein Echo aus fernen Tagen durch sein Bewußtsein; er reagierte jedoch nicht darauf.)

Er war mit den Kontrollen des Wächterschiffs verschmolzen. In einer Kurzetappe erreichte er das durchs All trudelnde Wrack des Kugelraumers.

Er wußte, daß noch viele Überlebende an Bord waren. Menschen, wie er einer gewesen war.

Aber er wußte auch, daß sie nicht... benötigt wurden.

Rosafarben war der gebündelte Strahl *(Nadelstrahl... –* noch ein fernes Echo), der die Gefechtsantenne seines Schiffes verließ, sich in die marode Hülle der SARATOGA bohrte und in einer Art Kettenreaktion jegliche Materie in Energie umwandelte.

Auch lebende.

Als er zur Station zurückkehrte, war die kleine Sonne hinter ihm bereits wieder verloschen.

Er erhielt keine Belobigung für den erfolgreich ausgeführten Auftrag. Er wurde lediglich zu dem Becken zurückgeleitet, wo er bis zu seinem nächsten Einsatz ruhen würde.

Es gab keine Augen, die er schließen mußte.

Es gab keinen Schlaf. Nur...

»Ich muß dir etwas sagen.« Kathy weckte ihn mit einem Kuß. Als er sich schlaftrunken zu ihr umdrehte, strahlte sie über das ganze Gesicht.

»Etwas, das wichtig genug ist, um mich mitten in der Nacht aus dem Schlaf zu reißen?«

»Ich habe gerade einen Test gemacht.«

»Einen Test?«

Sie nickte. Ein Hauch von Besorgnis, daß ihre Erwartungen in ihn nicht erfüllt werden könnten, stahl sich in ihr Strahlen. »Ich... wir sind schwanger.«

Es kam so überraschend. Dennoch riß er seine Frau gleich in seine Arme, ehe er sich besann und fast überängstlich von ihr abrückte. »Wir bekommen ein Kind?«

»Einen Jungen. Der Test war eindeutig. – Aber du kannst mich ruhig etwas temperamentvoller umarmen. Ich bin nicht aus Glas. Und ihm...«, sie lächelte wie zu einem noch nicht vorhandenen Bäuchlein hinab, »... ist es auch noch völlig egal.«

»Schwanger...« Er war außer sich vor Freude. »Ein Junge...«

»Ich hätte sogar schon einen Namen für ihn«, sagte Kathy, das Gesicht an seinen Hals geschmiegt. »Dylan. Bei einem Mädchen wäre ich für Nell gewesen.«

»Alles, was du willst!«

Er konnte sich noch gar nicht vorstellen, Vater zu werden.

Er konnte sich so vieles noch nicht vorstellen.

So vieles...

Ende

Falsches Spiel mit Robert Saam

von Achim Mehnert

Der Mann, der wieder und wieder den Kopf schüttelte, war schlank und beinahe zwei Meter groß, was ihm eine hagere Erscheinung verlieh. Unruhig, fast hektisch irrte sein Blick umher und faßte mal den Mann ins Auge, den er schon eine Weile kannte, und dann den anderen, der für ihn ein unbeschriebenes Blatt war. In seiner übertriebenen Nervosität ließ er auch einen weiteren Mann, der, eine Hand krampfartig um den Kolben eines mittelschweren Paraschockers geschlossen, die kleine Gruppe überwachte, keine Sekunde aus den Augen.

»Wenn es nicht so tragisch wäre, würde ich glatt über die Situation lachen«, sagte der Hagere eben. »Ich bin auf einen Fremden angewiesen, einen Terraner, den ich nicht kenne. Und nur, weil von uns keiner in der Lage ist, vernünftig mit einem Schwebegleiter umzugehen.«

»Du kennst mich, Frank. Du weißt, daß ich dir und deiner Sache loyal ergeben bin. Wenn ich für Rasmus die Hand ins Feuer lege, kannst du ihm ebenso bedenkenlos vertrauen wie mir.«

Frank Teysen musterte Rasmus Petterson lange und nachdenklich. Er war ein kleinwüchsiger, kugelrunder Mann mit einem von Brandnarben verunstalteten Gesicht.

»Kann ich dir denn trauen, Ernie?« Er winkte ab, bevor der Angesprochene zu einer Erwiderung ansetzen konnte. »Schon gut. War nur ein Scherz.«

»Aber ein ziemlich dummer«, erwiderte Ernie Mandillo beleidigt.

»Touché! Also laß hören, was es mit unserem Freund auf sich hat.«

»Petterson war Besitzer eines kleinen, privaten Transportunternehmens, das quasi nur aus ihm selbst bestand. Er flog alles, was man als Privatperson fliegen kann, selbst, kennt sich also bestens aus.«

»Warum macht er das nicht mehr?« fragte Teysen tonlos. »Selbständiger Unternehmer ist doch eine sicherere Angelegenheit als uns zu unterstützen.«

»Die GSO!« stieß Petterson haßerfüllt hervor. »Eylers' Schergen waren der Ansicht, daß einige meiner Transaktionen nicht ganz mit den gültigen Gesetzen zu vereinbaren seien. Deshalb haben sie mich auf Schritt und Tritt überwacht und mir kaum die Luft zum Atmen gelassen.«

»Der GSO hat Rasmus auch sein neues Gesicht zu verdanken«, ergänzte Ernie Mandillo. »Ein Sicherheitsteam war ihm auf den Fersen, als er eine heiße Lieferung an Bord hatte. Seine tollkühne Flucht ist leider nicht ganz nach Plan verlaufen. Sein Gleiter stürzte ab und ist mitsamt der Lieferung in Flammen aufgegangen. Für seine Firma bedeutete das den Anfang vom Ende, und dafür hat er der Galaktischen Sicherheitsorganisation und der Dhark-Clique Rache geschworen.«

Frank Teysen hatte die Augen zu schmalen Schlitzen verengt. Unentschlossen wanderte er auf und ab. Natürlich war er nicht ganz überzeugt, denn das ging alles viel zu schnell. Aber genau da lag das Problem. Der Faktor Zeit brannte ihm unter den Nägeln. Ihm war klar, daß jeder weitere verstrichene Tag sein Vorhaben zu Makulatur machen konnte.

»Bleibt uns wohl nichts anderes übrig«, preßte er schließlich zwischen den Zähnen hervor. »Haltet euch bereit. Sobald die Vorbereitungen abgeschlossen sind, werde ich euch kontaktieren.«

Ernie Mandillo und Rasmus Petterson warfen sich einen unauffälligen Blick zu.

Keinem der vier Männer war wohl in seiner Haut. Jeder von ihnen war entschlossen, die kommenden Tage in seinem Sinne durchzustehen, und jeder von ihnen hoffte, daß alles reibungslos und ohne Komplikationen ablaufen würde.

Wie, darüber hatten sie völlig unterschiedliche Ansichten.

*

Geräuschlos erhob sich der Jettcopter in die Nacht. Der Vollmond badete ihn in einem verräterischen Schein und verwandelte ihn in eine grazile Libelle, deren Silhouette sich deutlich vor dem Untergrund der Landefelder abzeichnete. Zweifellos war er auf sämtlichen Überwachungsmonitoren sowohl als energetischer Abdruck wie auch rein optisch durch die Beobachtungskameras zu sehen.

Und wenn schon! Der Mann hinter den Bedienungselementen brauchte keine Legitimation. Welches Augenpaar ihn in diesem Moment auch immer verfolgen mochte, es tat das auf keinen Fall mehr als beiläufig.

Dennoch war dem Mann nicht ganz wohl in seiner Haut.

Chris Shanton! dachte der Pilot des Copters vorwurfsvoll. *Deinetwegen werde ich noch Schwierigkeiten mit meinem Chef bekommen!*

Und sein Chef, das war Terence Wallis, Multimilliardär und alleiniger Eigentümer von Wallis Industries, dem größten Industriekonglomerat Terras. Zwar gewährte Wallis seinem führenden Wissenschaftler gemeinhin alle Freiheiten, doch für diese Eskapade würde er kaum Verständnis aufbringen. Vor allem nicht, da sie ungeplant und lediglich aus einer Laune heraus begangen wurde.

Doch Robert Saam dachte gar nicht daran, den Fehdehandschuh, den Chris Shanton ihm hingeworfen hatte, unbeachtet zu lassen.

Saam, Sie Emporkömmling! Sie bilden sich doch nicht allen Ernstes ein, der größte Wissenschaftler Terras zu sein. Falls doch, sollten Sie den Mut aufbringen, sich mir zu stellen. Dann werden Sie schon sehen! Fliegen Sie einfach heute nacht die nachfolgen-

den Koordinaten an. Aber kommen Sie allein, wenn Papa Wallis Sie läßt!

Dieser arrogante Schnösel!

Noch immer brannten die Worte der Viphonachricht wie Feuer in Robert Saams Selbstverständnis.

Natürlich hatte er schon einiges über Chris Shanton gehört, doch für einen Angeber hatte er ihn nie gehalten, auch wenn sie sich noch nicht begegnet waren. Bis heute jedenfalls nicht! Doch seit dem gestrigen Abend sah er den Mann in einem anderen Licht.

Der Fünfundzwanzigjährige straffte seine hagere, mittelgroße Gestalt und brachte den Jettcopter auf einen südlichen Kurs, der ihn quer über den Jettport und die flachen Verwaltungsgebäude führte. Verbissen starrte er die Funkeinrichtungen an, dauernd befürchtend, Wallis könnte sich melden und nach einer Erklärung verlangen. Doch niemand hielt ihn auf. Einige Sicherheitsleute hatten ihn gesehen, als er von seinen Labors mit einem offenen Bodenschweber vom Typ Feodora zum Startplatz geflogen war. Doch natürlich hatte niemand gewagt, ihn anzuhalten und nach dem Grund seines späten Ausflugs zu fragen. Jeder wußte, daß Terence Wallis den jungen Wissenschaftler beinahe als seinen Ersatzsohn betrachtete. Auch als er den Copter bestiegen hatte, hatte sie das nicht weiter alarmiert. Wie selbstverständlich mußten sie davon ausgehen, daß Wallis genau wußte, was sein fähigster Kopf tat.

Pittsburgh in Pennsylvania, wo die Zentrale des größten Industriekonzerns der Erde lag, war schon bald nur noch in der Dunkelheit zu erahnen.

Nach einer Weile blieben auch die letzten Lichter hinter Robert Saam zurück. Plötzlich fühlte er sich unwohl. Von einem Moment auf den anderen war die Sicherheit verschwunden, über die er sich sonst keine Gedanken machte. Im Areal von Wallis Industries war sie Tag und Nacht präsent. An den Wachleuten kam niemand vorbei, der nicht dort hingehörte. Hier war das anders. Mochte der Himmel wissen, welche Gefahren auf den jungen Mann lauern konnten.

Er bemühte sich, sich diese nicht auszumalen. Er war gar nicht weit geflogen, dennoch kannte er sich hier nicht aus. Woher denn auch? Das Firmengelände hatte er nie zu Exkursionen in die Umgebung verlassen. Dort fühlte er sich wohl, und es hatte nie einen Grund für einen Ausflug gegeben.

Bis dieser verdammte Chris Shanton kam!

Er stieß ein meckerndes Kichern aus und ließ die Scheinwerfer über die Wipfel der Bäume kreisen. Das sich im Wind wiegende schwarze Meer warf keine Schatten. Wie eine düstere amorphe Masse wogte es unter ihm und schien ihn wie magisch anzuziehen. Er schaltete die Außenmikrofone des Jettcopters ein, weil er auf vertraute Geräusche hoffte. Doch bis auf das leise Summen der Antriebsaggregate, das dadurch nur um so bedrohlicher wirkte, herrschte eine gespenstische Stille.

Robert Saam schüttelte den Kopf, verwundert über sich selbst. Er war ein Mann des Kopfes, und er konnte sich nicht erinnern, jemals in seinem Leben von ungreifbaren Schimären, geheimnisvollen Phantomen oder seinen eigenen Gefühlen fehlgeleitet worden zu sein.

Mechanisch überprüfte er den Kurs und nahm eine leichte Korrektur vor. Auch wenn er es sich nicht eingestehen wollte, Shantons Botschaft hatte sein Ehrgefühl stärker getroffen, als das je einem anderen Menschen zuvor gelungen war.

Kurzzeitig spielte er mit dem Gedanken, einfach umzudrehen und zurückzufliegen. Vielleicht machte sich dieser Schuft lediglich einen Spaß auf seine Kosten. Vielleicht saß er mit einer Flasche Bier vor einem Monitor, verfolgte voller Vergnügen jeden Kilometer, den Saam zurücklegte, und klopfte sich prustend und sabbernd auf die Schenkel. Morgen stände es in der Zeitung, und die ganze Welt würde von Terence Wallis' naivem Jüngling wissen.

Nachdenklich betrachtete er das Vipho und dachte daran, einen Ruf auf allen Frequenzen loszulassen, um Shanton aus der Reserve zu locken. Doch möglicherweise würde sein Chef ihn durch einen dummen Zufall ebenfalls hören, und das war das letzte, was er wollte. Eigentlich hatte er keine Geheimnisse vor Terence, doch das hier war eine rein persönliche Sache, die nicht mal seinen Förderer und Mentor etwas anging.

Er faßte die Steuerung fester und kniff die Lippen zu schmalen Schlitzen zusammen. Aufgeben kam nicht in Frage! Selbst wenn er sich lächerlich machen sollte, würde er Ren Dharks Möchtegern-Wissenschaftler den Triumph eines Rückziehers nicht gönnen.

Ein Reflex huschte über die Bugscheibe und riß ihn aus seinen Gedanken.

Voraus in der Dunkelheit schimmerte ein winziger Lichtpunkt.

Robert Saam zuckte alarmiert zusammen. Also doch! Dieser ausgemachte Selbstüberschätzer wartete auf ihn.

Während das Licht rasch größer wurde, malte Saam sich aus, Shanton mit einer Schockersalve schlafen zu schicken. Dann würde nur noch einer lachen. Andererseits verstieß ein solches Vorgehen gegen seine Ehre als aufrechter Wissenschaftler. Wenn auch die Wahrscheinlichkeit gering sein mochte, spielte Shanton ja vielleicht doch mit offenen Karten. Er würde ihm eine faire Chance geben, auch wenn er damit vermutlich einen Fehler beging.

Dann endete der Wald unter ihm.

Die Scheinwerfer beleuchteten eine annähernd kreisrunde Lichtung, die den Eindruck machte, erst kürzlich mit Waffengewalt geschaffen worden zu sein.

Umweltsau! dachte Robert Saam, während er den Jettcopter sinken ließ. Er verringerte die Geschwindigkeit und zog eine enge Schleife.

Der ehemalige Lichtpunkt hatte sich inzwischen in eine lodernde Feuerstelle verwandelt.

Doch niemand war zu sehen.

Lediglich am Rand der Lichtung stand ein Schwebegleiter.

Saam musterte ihn kritisch, doch auch als er die Scheinwerferkegel darüberwandern ließ, konnte er weder einen Namen noch eine

Kennung ausmachen. Der Kerl war anscheinend nicht nur ein Angeber, sondern auch noch ein Pirat. Seltsam genug. Außerdem handelte es sich um ein Modell, das für mehr als einen Insassen bestimmt war. War sein Herausforderer nicht allein? Wieder erwachte Mißtrauen in Terence Wallis' Angestelltem. Doch dann gewann die verletzte Eitelkeit erneut die Oberhand.

»Was ist, Shanton? Muffensausen?« rief er verärgert ins Mikro, den Pegel der Außenlautsprecher bis zum Anschlag hochgerissen. Es gab eine in den Ohren schmerzende Rückkopplung, und rasch regelte er die Anlage wieder herunter.

Sekundenlang herrschte Ruhe, dann drang dröhnendes Gelächter aus der Dunkelheit. Anscheinend bediente sich auch Chris Shanton eines Verstärkers. Er selbst ließ sich nach wie vor nicht sehen. Auch das Lachen erstarb so übergangslos wieder, wie es eingesetzt hatte. Erneut herrschte völlige Stille. Dieser arrogante Schnösel schien sich nicht dazu herablassen zu wollen, ihm zu antworten.

Auch gut. Entschlossen drückte Robert Saam den Jettcopter tiefer und setzte ihn weich auf seinem A-Gravpolster auf. Mit sanftem Vibrieren erstarb der Antrieb. Saams Blicke suchten den Waldrand ab, doch dort bewegte sich nichts. Minutenlang verharrte er reglos.

»Wollen wir bis zum Morgengrauen warten und dann wieder heimfliegen?« rief er schließlich. »Aber wenn Sie zu feige sind, mache ich den ersten Schritt. Ich komme jetzt raus.«

Der Kerl rührte sich immer noch nicht. Saam spürte ein eigenartiges Gefühl im Magen, aber jetzt konnte er nicht mehr zurück, ohne sein Gesicht zu verlieren. Seine Vernunft sagte ihm, daß das nicht so schlimm war, wie sich in Gefahr zu begeben. Doch sein Stolz und seine aufgestaute Wut auf Shanton unterdrückten diesen Anflug von Vernunft.

»Ich warte!«

Robert Saam zuckte zusammen. Diesmal war die Stimme nicht aus einem Lautsprecher gekommen. Im Schein des Feuers erkannte er eine Gestalt. Da sie zwischen den Flammen und dem Jettcopter stand, erschien sie rabenschwarz, jetzt tatsächlich wie ein Dämon, der geradewegs den Lohen entstiegen war und nur darauf wartete, daß sein Opfer ins Freie kam.

»Pah!« machte Saam verächtlich.

Dem Burschen würde er einheizen, daß ihm das Feuer wie ein Streichholz im Sturm erscheinen mußte. Dabei wußte er nicht mal, worauf das Ganze eigentlich hinauslief. Auf ein Wortgeplänkel zwischen zwei erwachsenen Männern, die sich wie die Kinder verhielten? Einfach lächerlich! Dennoch gab er sich einen Ruck, richtete sich auf und kletterte aus dem Copter.

Entschlossenen Schrittes ging er zu der bewegungslos dastehenden Gestalt hinüber.

Aber irgend etwas stimmte da nicht. Die Gestalt vor den Flammen war nicht so, wie sie hätte sein sollen. Das Wissen um eine unmittelbare Gefahr war urplötzlich in ihm. Abrupt hielt er inne und betrachtete sein Gegenüber.

Ein schlanker Mann!

Aber Chris Shanton war, nach allem was Saam über ihn wußte, alles andere als ein Leichtgewicht. Ein Fettsack geradezu!

Der Mann lachte, und Bewegung kam in Robert Saam. Er fuhr herum, wollte zu seinem Jettcopter stürmen, doch es war zu spät. Drei weitere Männer waren wie aus dem Nichts aufgetaucht und hatten zwischen ihm und dem Copter Stellung bezogen. Es war eindeutig, daß sie nicht die Absicht hatten, ihn durchzulassen.

Der Atem des jungen Mannes ging schneller, und er schloß für eine oder zwei Sekunden die Augen. Als er sie wieder öffnete, hatte sich an dem Bild nichts geändert. Er zwang sich zur Ruhe.

»Also gut«, brachte er mühsam beherrscht hervor, aber er befürchtete, daß seine Stimme alles andere als sicher klang. »Wo ist Shanton?«

Wieder lachte der Mann vor ihm, der jetzt vom Feuer weg und direkt vor ihn hintrat.

»Shanton?« äffte er, klebrige Verständnislosigkeit heuchelnd. »Shanton? Ach, Sie meinen Chris Shanton! Tja, den hätten wir auch zu gern in unseren Händen, aber an den ist nicht so leicht ranzukommen. Er ist halt nicht so... naiv wie Sie. Außerdem greifen bei ihm Bernd Eylers' Sicherheitsvorkehrungen.«

Eylers? Was hatten diese Männer mit dem Chef der Galaktischen Sicherheitsorganisation zu tun?

»Und die Nachricht?« Robert Saam schüttelte sich wie ein begossener Pudel. »Sie war überhaupt nicht von Shanton. Aber wer...«

»Wer wir sind? Ganz einfach, junger Mann. Ich bin Frank Teysen, einer der Wahren Menschen.«

Der junge Wissenschaftler zuckte zusammen. Die »Wahren Menschen«. Die nicht umgeschalteten Robonen, die noch immer die Giants verehrten und die Terraner für eine Horde von Verbrechern hielten. Sein Magen krampfte sich zusammen. Sie hatten ihn in eine Falle gelockt, ausgerechnet ihn, der nie etwas mit Politik zu tun gehabt hatte. Tatsächlich wäre Shanton für sie ein viel logischeres Ziel gewesen.

Schade, dachte er mit einem völlig deplazierten Anflug von Bedauern. *Diesen Chris Shanton hätte ich wirklich zu gerne einmal kennengelernt.* Erst jetzt erkannte er, daß er sich auf das Zusammentreffen richtiggehend gefreut hatte.

»Allon Sawall schickt Sie«, stellte er nüchtern fest. »Aber wozu? Was wollen Sie von mir?«

Mich umbringen! dachte er mit erschreckender Klarheit.

Aber das war unlogisch. Er war vermutlich einer der letzten Menschen der Erde, den die Robonen sich für eine willkürliche Terroraktion ausgesucht hätten.

»Sawall schickt uns nicht«, erwiderte der Mann, der sich als Frank Teysen vorgestellt hatte. »Er weiß nichts von uns. Doch das tut nichts zur Sache. Manchmal handeln Wahre Menschen aus eigenem Antrieb, im Sinne des Ganzen natürlich.«

»Um sich an den bösen, bösen Terranern zu rächen, die die grundgütigen All-Hüter davongejagt haben«, entfuhr es Robert Saam unvorsichtigerweise, und er hätte sich am liebsten auf die

Zunge gebissen. Doch sein Gegenüber schien seinen Einwand gar nicht registriert zu haben.

»Die Schattenstationen, die die Erde bedrohen, sind eine Gabe des Schicksals«, erklärte Teysen. »Wir wissen nicht, woher sie kommen, doch für uns sind sie ein Symbol für die Rache der All-Hüter. Ein Andenken an all die von den verdammenswerten Terranern ermordeten Robonen.«

»Wir haben sie nicht ermordet. Wir haben sie lediglich...«

Umgeschaltet, wollte er sagen, doch das Wort kam ihm nicht über die Lippen.

Denn in letzter Instanz war Teysens wie auch Sawalls Vorwurf natürlich nicht von der Hand zu weisen. Die umgeschalteten Robonen hatten den Tod gefunden, doch das hatte niemand voraussehen können. Was die nicht umgeschalteten Robonen wiederum nicht einsehen wollten. Es war ein Dilemma, aber Saam mußte sich eingestehen, daß er selbst in einem steckte. Denn langsam begann er zu verstehen.

Und Frank Teysens Worte bestätigten seine Ahnung.

»Wir haben erfahren, daß Sie an einem Frühwarnsystem gegen die anrückenden Schattenstationen arbeiten. Angeblich sind Sie schon recht weit fortgeschritten in Ihren Bemühungen, und wir können das auf keinen Fall zulassen.«

Robert Saam biß sich auf die Lippen. Das sollte ein strenges Geheimnis sein, doch anscheinend hatten die Robonen ihre Informanten überall. Ihr Vorteil war, daß sie für einen normalen Terraner nicht zu erkennen waren, während sie selbst jederzeit wußten, ob sie einem der ihren oder einem Menschen gegenüberstanden. Anscheinend mußte selbst Terence Wallis seinen Sicherheitsdienst und sein persönliches Umfeld gründlich ausmisten. Falls er, Saam, noch die Möglichkeit bekam, seinem Chef das mitzuteilen. Doch danach sah es in diesem Augenblick beileibe nicht aus.

»Was haben Sie mit mir vor?« fragte er mit einem Kloß im Hals.

Frank Teysen zögerte einen kaum merklichen Moment.

»Das weiß ich noch nicht«, entgegnete er dann. »Carl, jetzt

kannst du zeigen, daß du wirklich auf der Seite von uns Wahren Menschen stehst. Verfrachte unseren Gast in den Schwebegleiter!«

Robert Saam horchte auf.

Widerstandslos ließ er sich zum Waldrand dirigieren, als er von hinten gepackt wurde. Dabei drehte er den Kopf nach hinten und betrachtete das Gesicht des Mannes, der ihn vor sich herschob. Es war ein Allerweltsgesicht, wie man es im nächsten Moment vergaß. Dennoch ließ ihn ein eigenartiges Leuchten in den Augen des Mannes vorsichtig bei seiner Beurteilung sein.

Er schüttelte den Eindruck ab, weil etwas anderes viel schockierender war. Denn wenn er richtig verstand, handelte es sich bei dem Mann nicht um einen Robonen, sondern um einen ganz gewöhnlichen Terraner. Die Konsequenz erschütterte ihn. Anscheinend waren die Wahren Menschen, wie sie sich selbst nannten, nicht länger auf sich alleingestellt, sondern bekamen Unterstützung seitens der damals nicht entführten Erdbevölkerung. Das machte sie noch unberechenbarer und damit gefährlicher.

Doch auch mit dieser Erkenntnis konnte Saam nicht viel anfangen.

Seine Stimmung verdüsterte sich zusehends, als er mit sanfter Gewalt in den Schwebegleiter bugsiert wurde.

*

»Runter und landen!«

Frank Teysens Gesichtszüge hatten sich verhärtet.

Während der vergangenen Minuten hatte er verbissen vor sich hingestarrt und mehrmals, scheinbar willkürlich, den Kurs ändern lassen. Vielleicht wollte er etwaige Verfolger abschütteln, obwohl weit und breit keine zu sehen waren. Aber Robert Saam hatte vielmehr den Eindruck, daß sein Entführer sich über sein Ziel nicht sicher war. Doch nun schien er zu einem Entschluß gekommen zu sein.

Rasmus Petterson zog den Schwebegleiter kommentarlos nach

unten.

Saam konnte die unter ihnen vorbeihuschende Landschaft sehen: karges, ödes Land, das von steinigen Hügeln durchzogen war. Die bevorstehende Landung behagte ihm ganz und gar nicht. Er rieb seine Handflächen gegeneinander, sie waren schweißnaß.

»Was soll das?« fragte er nervös. »Ich hoffe nicht, daß Sie mich mitten in der Wildnis aussetzen wollen.«

Der hagere Mann antwortete ihm nicht. Sein Kopf bewegte sich unablässig von einer Seite zur anderen, als suchte er eine bestimmte Stelle. Schließlich deutete er in die Dunkelheit.

»Dort drüben«, sagte er mit tonloser Stimme. »Ideal. Weitab der Straße. Da wird man ihn nicht so schnell entdecken.«

Der Kopf des Piloten ruckte herum. Ein überraschter Ausdruck zeichnete sich in seinem Gesicht ab. »Sie wollen ihn umbringen?« Er schüttelte den Kopf. »Davon war nicht die Rede. Es sollte lediglich eine Entführung sein.«

»Und was dann? Wollen wir ihn so lange verstecken, bis die Ergebnisse seiner Forschungen eh zu spät kommen? Monate vielleicht?« Frank Teysens Stimme hatte jegliche Menschlichkeit verloren. »Als Ernie dich anbrachte, dachte ich, daß du weißt, worauf du dich einläßt. Bei dem Kampf, den wir zu kämpfen haben, geht es nun mal nicht ohne Opfer ab.«

Robert Saam war bleich geworden. Er sah sich gehetzt um. Vielleicht konnte er eine Tür aufreißen und aus dem Schweber springen. Doch davon abgesehen, daß ein solcher Versuch nicht ohne Knochenbrüche verlaufen wäre und ihn völlig hilflos gemacht hätte, bestand die Möglichkeit ohnehin nicht. Ernie Mandillo und der Schweigsame, dessen Name bisher nicht gefallen war, hatten ihn zwischen sich eingekeilt.

»Sie wollen mich umbringen?« fragte er fassungslos. »Sie können doch nicht einfach...«

Seine Stimme erstarb, und Teysen drehte sich kurz zu ihm, erwiderte aber nichts.

»Terence Wallis wird erfahren, was geschehen ist. Er wird Sie bis ans Ende der Welt verfolgen«, wagte er einen kläglichen Versuch, sie einzuschüchtern, während der Schwebegleiter sanft aufsetzte. »Jeden von Ihnen. Und er hat noch immer bekommen, was er wollte.«

»Ich mache da nicht mit«, warf Rasmus Petterson ein.

Saam sah ihm nach, als er ins Freie kletterte. Für einen Moment erwachte die Hoffnung auf Hilfe von dieser Seite in ihm. Doch er mußte schnell erkennen, daß er sich irrte. Petterson war vollkommen gleichgültig, was mit Saam geschah. Er wollte lediglich nicht persönlich an dem Mord beteiligt sein. Mit raschen Schritten entfernte er sich und war einige Sekunden später von der Dunkelheit verschluckt worden.

Panik befiel Saam. Da war niemand, der ihm helfen würde. Er war auf sich alleingestellt, aber er war ncht der Typ, der siegesgewiß in einen Kampf Mann gegen Mann ziehen konnte. Und gegen drei Gegner schon gar nicht. Seine Stärke war die des Geistes. Er bedauerte, Wallis nicht eingeweiht zu haben. Der hätte ihm zumindest eine unsichtbare Eskorte hinterherschicken können. Nun war es zu spät. Er nahm die Hand, die sich ihm auf die Schulter legte, kaum wahr. Eine unbeschreibliche Hitze breitete sich in seinem Inneren aus. Er wollte schreien, gegen den Irrsinn anbrüllen, doch seine Stimme versagte ihm den Dienst.

Ohne zu überlegen, warf er sich zur Seite und überraschte Mandillo, der eben beim Aussteigen war. Der verlor das Gleichgewicht und stürzte fluchend zu Boden. Saam sprang mit einem Satz über ihn hinweg und wollte loslaufen. Ein sengender Strahl fuhr an ihm vorbei und bohrte sich in den sandigen Untergrund. Der Wissenschaftler mußte nicht hinsehen, um zu wissen, daß der Sand unter der Hitze des Blasters schmolz und glasig wurde.

Dieses Schicksal also hatte Teysen ihm zugedacht!

Nur daß Robert Saam nicht glasig werden würde. Wenn sein Entführer ganze Arbeit leistete, würden überhaupt keine Rückstände von ihm übrigbleiben. Es sei denn als gasförmige Molekülverbände, die sich in der Luft nicht nachweisen ließen. Er staunte über sich selbst, wie scheinbar unbeteiligt er sich diese Fakten klarmachte. Dann gewann die Panik wieder die Oberhand. Dennoch zwang er sich dazu, nicht einfach loszustürmen. Es hatte sich lediglich um einen Warnschuß gehandelt, doch der nächste würde ihn zweifellos treffen.

Mühsam beherrscht, in der Hoffnung noch ein paar Minuten herausschlagen zu können, drehte er sich um. Schlafwandlerisch beinahe, und Teysen, der sich aufrappelnde Mandillo und der Namenlose wurden für Augenblicke zu Schemen, die nicht in seine Welt zu gehören schienen. Dann hatte die Realität ihn wieder, und mit erschreckender Klarheit sah er das Zentrum seines derzeitigen Weltbildes. Das letzte möglicherweise, was er in seinem Leben sehen würde. Den Blaster in der Hand von Ernie Mandillo nämlich. Aus aufgerissenen Augen starrte er die furchterregende Waffe an, doch es löste sich kein Schuß aus ihr. Statt dessen reichte Mandillo sie Frank Teysen, der sie widerwillig entgegennahm.

»Du also auch«, sagte er verächtlich. Er starrte Mandillo, dann den Blaster und schließlich Robert Saam an. Schließlich brachte er ein knappes Nicken zustande. »Aber keine Sorge, ich werde das jetzt zu Ende bringen.«

Wie paralysiert verfolgte Saam, wie sein Entführer die Waffe hob und auf ihn anlegte. Beinahe wie in Zeitlupe krümmte sich der Finger um die Abzugsvorrichtung.

Zu spät! raste ein Gedanke durch Robert Saams Verstand, während er mit dem Leben abschloß.

In dem Moment geschahen zwei Dinge gleichzeitig.

Ernie Mandillo sprang vor und schlug Teysens Arm in die Höhe. Die Waffe wurde ihm aus der Hand gerissen und flog in hohem Bogen davon. Und hinter einem Hügel tauchte, einem eilends herbeigerufenen Racheengel ähnlich, ein Schwebegleiter auf. Scheinwerfer blendeten auf und tauchte die Szenerie in ein unheimliches Licht.

»Wir sind verraten worden!« schrie der Namenlose, der plötzlich ebenfalls einen Blaster in der Hand hatte. Er kam nicht dazu, ihn zu benutzen, sondern sackte besinnungslos in sich zusammen.

Schocker! dachte Robert Saam.

Er fuhr herum.

Frank Teysen lief zu seinem Schweber.

Bevor er ihn erreichte, war der zweite Wagen heran. Ein dunkles Paket löste sich aus einer offenstehenden Luke. Ein Mann, der Teysen unter sich begrub. Dann waren weitere Männer heran, und der Kampf war beendet, ehe er richtig begonnen hatte.

Während Frank Teysen weggeschleppt wurde, rappelte sich der Mann, der ihn von oben angesprungen hatte, schnaufend auf. Ein zufriedenes Grinsen überzog sein Gesicht, als er sich vor Saam aufbaute.

Der junge Wissenschaftler glaubte seinen Augen nicht zu trauen. Dieser kleine, kugelrunde Mann hatte kein von Narben verunstaltetes Gesicht, sondern eines, das den Anschein erweckte, kein Wässerchen trüben zu können. Doch Robert Saam wußte es besser. Dieser Mann war mit allen Wassern gewaschen und einer der besten Reporter des Planeten. Lediglich einige Reste der zuvor getragenen Biomaske, die er sich in aller Eile heruntergerissen haben mußte, verrieten, daß es keinen Rasmus Petterson mehr gab.

»Bert Stranger!« entfuhr es Saam verständnislos.

»In Person, und wieder mal als Retter in höchster Not.«

»Aber wieso?«

»Den Tip habe ich von einem meiner Informanten im Milieu erhalten.«

Ein Lächeln huschte über Robert Saams Gesicht, als er begriff. »Mandillo.«

Der Genannte trat eben neben ihn. »Ich arbeite schon lange für Bert«, erklärte er. »Ich habe mich schon vor Monaten in Teysens Vertrauen geschlichen.«

»Aber warum haben Sie ihn nicht längst auffliegen lassen?« fragte Saam mit einem Anflug von Ärger. »Das hätte mir einiges erspart.«

Bert Stranger winkte ab. »Es gab keine Veranlassung. Teysen

war bei verschiedenen Aufwiegelungen gegen die Regierung einer der Rädelsführer, hat sich aber nie etwas zuschulden kommen lassen. Aber mein feines Näschen hat mich mal wieder nicht getrogen. Der Kerl hatte sein Coming-Out.«

»Trotzdem haben Sie mein Leben riskiert, um an eine Reportage zu kommen.«

»Bis zum heutigen Abend wußten weder Ernie noch ich, was er genau vorhatte. Wir konnten nur in seiner Nähe bleiben, um den schlimmsten Schaden abzuwenden.«

»Was uns ja auch gelungen ist«, ergänzte Mandillo. »Das Eingreifteam des Senders war ständig in unserer Nähe. Ihnen konnte überhaupt nichts passieren.«

Robert Saam seufzte. Er war da gar nicht so überzeugt.

Doch ein anderes Problem beschäftigte ihn weit mehr. Stranger würde den Bericht natürlich senden, mit sich in der zentralen Rolle. Und mit dem Opfer der Entführung, dem jungen aufstrebenden Wissenschaftler Robert Saam.

Was sollte er nur Terence Wallis erzählen?

Verzweifelt schlug er die Hände über dem Kopf zusammen.

Ren Dhark - Programm

Kurt Brand schuf von 1966 bis 1969 die Heftserie **Ren Dhark.** Für die HJB-Buchausgabe wird der SF-Klassiker bearbeitet und im Drakhon-Zyklus und in Sonderbänden fortgeschrieben, denn in den Tiefen des Alls ist das Rätsel der Mysterious noch immer zu lösen...

Bereits erschienen und noch lieferbar:

1. Zyklus (die alte Heftserie)
Buchausgabe (352 Seiten), DM 29,80

Bd. 1 „Sternendschungel Galaxis“
Bd. 2 „Rätsel des Ringraumers“
Bd. 3 „Zielpunkt Terra“
Bd. 5 „Die Hüter des Alls“
Bd. 6 „Botschaft a. d. Gestern“
Bd. 7 „Im Zentrum der Galaxis“
Bd. 8 „Die Meister des Chaos“
Bd. 9 „Das Nor-ex greift an“
Bd. 10 „Gehetzte Cyborgs“
Bd. 11 „Wunder d. bl. Planeten“
Bd. 12 „Die Sternenbrücke“
Bd. 13 „Durchbruch n. Erron-3“
Bd. 14 „Sterbende Sterne“
Bd. 15 „Das Echo des Alls“
Bd. 16 „Straße zu den Sternen“

Sonderausgaben des 1. Zyklus
(inhaltsgleich mit 1. Zyklus, lediglich anderes Cover)
Buchausgabe (352 Seiten), DM 19,80

Bd. 4 „Todeszone T-XXX“
Bd. 5 „Die Hüter des Alls“
Bd. 6 „Botschaft aus dem Gestern“

Sonderbände
Buchausgabe (192 Seiten), DM 19,80

(1) „Die Legende der Nogk“
(2) „Gestrandet auf Bittan“
(3) „Wächter der Mysterious“
(4) „Hexenkessel Erde“
(5) „Der Todesbefehl“
(6) „Countdown z. Apokalypse“
(7) „Der Verräter“
(8) „Der schwarze Götze“
(9) „Erron 2 - Welt im Nichts“